THE TRANSGRESSORS

JIM THOMPSON

脱落者

ジム・トンプスン

田村義進 訳

文遊社

脱落者

脱落者　登場人物

トム・ロード　保安官補
ジョイス・レイクウッド　娼婦
アーロン・マクブライド　ハイランド・オイル&ガス社の現場責任者
ドナ・マクブライド　アーロン・マクブライドの妻
カーリー・ショー　ハイランド・オイル&ガス社の作業員
レッド・ノートン　ハイランド・オイル&ガス社の作業員
デイヴ・ブラッドリー　保安官
バック・ハリス　保安官補
ジョージ・キャリントン　ハイランド・オイル&ガス社社長
オーガスト・ペリーノ　フィクサー
サルヴァトーレ・オナーテ　ギャング。ペリーノの仲間
カルロス・モローニ　ギャング。ペリーノの仲間

1

テキサスの西のはずれ、八月の終わりの午後、吹きさらしの薄青い空の下、一台の大きなコンヴァーティブルが揺れたり弾んだりして、車内のふたり——娼婦と保安官補——の身体を触れあわせたり引き離したりしながら、けだるげに走っている。遠くからだと、伏せた透明なボウルのなかを地平線めざして這っている巨大な黒い虫のように見える。

風はたまにやんだときにしか気づかないくらい絶え間なく吹いている。まばらに生えている干からびたセイバンモロコシの茎は、風に押されて倒れかけ、大きなサボテンや、木と見まごうほどの高さのセンジュランは、風から逃げようとしているように傾いている。風はその前にあるすべてのものを薙ぎ倒し、何もかも破壊しつくさないとおさまらないように思える。

ビッグ・サンドの町を出てから二時間ちょっとのあいだ、女は何度となく横を向いて男を見ていた。最初は期待をこめて、それからいらだち、当惑ぎみに、最後には怒りで目をぎらつかせ、口を固く引き結んで。そしていまは矢庭《やにわ》に身体の向きを変え、男を睨みつけている。スカートの裾は腿までずりあがり、胸は怒気をはらんでいるかのようにブラウスを突っぱらせている。

男のほうは何も気づいていないように見える。実際のところ、道路の左側を横目で見ながら、尖塔のような小さな物影と、そのまわりに散らばるさらに小さな物影を探している。あと十マイルほど近づけば、それは試掘井のやぐらとその付帯施設だということがわかるだろう。

女は言った。「トム……トム」

男はようやく探していたものを見つけだした。女にはまだ見えていない。彼女はここでは新参者の部類に入る。町に来て三年近くになるが、それでもまだ余所者《よそ》だ。これまでここに住みついた余所者は、渇きや餓えのせいで、あるいは暑さや寒さのせいでばたばたと死んでいった。何もないように見えることを現実と受けとってしまうからだ。ひとりでは生き延びられないにもかかわらず、彼らはほかの者がどうやってそれを可能にしているのか理解できない。四百年前もそうだった。これからの四千年もそうでありつづけるだろう。土地は変わらない。変わる必要などない。ひとが土地を変えても、ほんのつかの間のことで、それはすぐまた元の姿に戻る。

「トム！　トム・ロード！」

「えっ？　なんだい、ジョイス」

トム・ロード保安官補は振りかえって、スカートがずりあがったところに目をやり、にんまりとした。「なるほど。写真を撮ってくれるんだな。チーズって言おうか」

「やめてよ。わかってるくせに」

「ええっと。なんだったっけ」ロードは考えるふりをし、それからわざとらしく顔をほころばせた。「うんうん、そういうことか。どうしてすぐに気がつかなかったんだろう。早く後ろのシートに移り、服を脱いで――」

ロードは口を閉ざした。ジョイス・レイクウッドが腕を振りあげたからだ。何度も腕を振りあげ、引っぱたいたり、殴ったり、引っかいたりする。六十ドルからするステットソンのカウボーイハットがシートの後ろに飛んでいく。黒のしゃれた蝶ネクタイが斜めに歪む。ロードは車を運転しながら、身体を左右に振ったり、手をあげたりして攻撃をかわした。そのあいだ、ずっとゲラゲラ笑っていた。それが伝染して、ジョイスもついに笑いはじめた。けれども、心からの笑いではなく、そこには苦々しさが混じっている。

「ねえ、トム。わたしに何が足りないか教えてくんない？」

「何を言ってんだ。充分だよ。どこにも不満はない。嘘じゃない」

「でも、わたしにはあるわ。どうしてわたしを今日ここに連れてきたの」

「決まってるじゃないか。ゆっくり話をする必要があるといつも言ってただろ。何度聞かされたかわからない。だから誰にも邪魔されないところにって思ったんだよ」

「わたしの家でも誰も邪魔されないわ」

「そうかも。でも、そこだとあまり話せないんじゃないかな。もっといいことをついつい考えちまうから」

ロードは後ろに手をのばして帽子を拾い、いたずらっぽく片目をつむった。ジョイスの顔は怒りと恥ずかしさで真っ赤になっている。

ジョイスは下ネタにも、きわどい表現にも、身も蓋もない露骨な物言いにも慣れっこになっている。十四歳のころにはすでにそうなっていた。そして、いまは三十歳だ。なのに、ロードには、ちょっと端《はした》ないことを言われただけで、赤面してしまう。その傾向は最近とみに強い。ほかの男──過去にめぐりあった数百人の男のひとりが言ったら、何をきどってるのかと思うはずの言葉に、気分を害したり、怒りを覚えたり、傷ついたりしてしまうのだ。

どんなふうに文句をつけたらいいのかも、自分の立場を考えたら、どうして文句をつけなければならないかもわからない。いまできるのは、話をはぐらかし、別のところで逆ねじを食わせることくらいだ。そうしたところでなんの慰めにもならず、余計に傷つくかもしれないが、ほかに方法はない。

「どうしてそんな馬鹿っぽい口のきき方ばかりするの」ジョイスは言った。「あんたはそこらへんの山だしのボンクラじゃないのよ。この郡でいちばんの学歴の持ち主なのよ。なんてったって医大に通ってたんだから。なのに、三流映画の与太者みたいなことばっかり言ってる」

ロードの緩やかに弧を描く眉が吊りあがる。「つまり、らしくないってことかい」

「そうよ。決まってるでしょ。あんたはそこらへんのろくでなしじゃ……」

「そう。そこなんだ。いいかい」ロードはやんわりと言った。「ということは、逆もまた真なりってことなんだよ」

「それって、どういう意味?」

「要するにこういうことだ。おれはろくでなしじゃない。でも、ろくでもないことばかり言っている。きみはろくでなしだ。でも、ろくでもないことは言わない。わかるな」口もとに笑みがこぼれ、きれいな白い歯がのぞく。だが、黒い目は冷たく、笑っていない。「だから、地金が出ないように気をつけてさえいれば、相手が誰であっても、なんなくだますことができる。おれだって、あいつは本物のレディじゃないといつも自分に言い聞かせなきゃならないくらいだ」

これまでも、ロードの本心を探ろうとすると、いつも素っ気なく撥ねつけられてきた。だが、ここまで言われたことはない。息苦しいほどつらい。あまりにも傷つき、あまりにも悔しすぎて、怒ることもできない。

ジョイスは一瞬顔をそむけ、まばたきして、涙が出そうになるのをこらえた。「どうして……どうしてそんなことを言い聞かせつづけなきゃいけないの、トム。どうして――」

「ああ。たしかにそんなことをする必要はないだろうね。きみがいつも思いださせてくれるから」

「わたしは……わたしはあんたを愛してるのよ、トム。わたしは……」

「おれもきみのことを思ってる、ジョイス。何千回も言ってるだろ」

「でも、結婚してくれないんでしょ」

「ああ、しない」

「結婚する価値はないけど、寝る価値はあるってことね。わたしと寝るのはかまわないんでしょ」

まったくかまわない、とロードは答えた。それ以上にかまわないものは思いつかない。そこのところに嘘偽りはない。と、とつぜんジョイスは顔をくしゃくしゃにして、子供のように泣きじゃくりはじめた。ロードは一瞬だけ仮面をはずした。

「おれと結婚しても幸せにはなれないよ、ジョイス。おれは古い家の出だ。古いしきたりの下で育てられた。そこから逃れられないんだ。そんなものはどうだっていいと思ったことは何度もある。でも、駄目だった。きみもことあるごとにそれを思いだすことになる」

ジョイスは気をとりなおして顔をあげた。思いもよらなかった優しい言葉に心の痛みはきれいに消えていた。「本気で逃れようとしなかったからじゃない？　逃れなきゃならない理由がなかったから――」

「おふくろのことも理由にならないと？」

「えっ？　どういうこと？」

「おれが七歳のとき、おふくろは親父を捨てた。ほかの男と駆け落ちしたんだよ。それ以来、おれも親父もおふくろのことを口にしたことは一度もない。おれや親父にとっても、おれたちのまわりの人間にとっても、おふくろは存在しなかったことになっていたんだ」

ジョイスは眉を寄せてロードを見つめた。ふいに背筋に震えが走る。「それって……それって、ちょっとひどすぎない？　お母さんとはそれっきりなの？」

ロードは黒っぽい細い葉巻をポケットから取りだして、火をつけた。「手紙は来た。何通も。でも、なかは見ていない。全部破り捨てた」

ジョイスは手を振った。「お母さんは病気だったのかもしれないのよ。重体だったのかもしれないのよ。自分の母親が死にかけていたのかもしれないのに、よくそんなことができたわね」

「それは簡単なことじゃなかった」ロードはまたやんわりとした口調になり、仮面の下に隠れた。「そうとも。それは簡単なことじゃなかった。嘘じゃない」

ロードはアクセルを踏みこんだ。車は急加速し、ジョイスは背中をシートに押しつけられた。車は轍のついた道を跳ねたり、よろめいたりしながら、どんどんスピードをあげていく。ジョイスは不安げにロードを見つめ、文句を言おうとしたが、また旋毛《つむじ》を曲げられるといけないと思い、言いよどんでいるうちに、結局はその機会を逸してしまった。

路上に、砂がたまった大きな穴があいていた。左側の前輪がそれに突っこんだ。車ははじかれたように吹っ飛び、宙を舞い、ライフルの発射音のような鋭い音を立てて着地した。そして、そのまま横向きになって進み、ひっくりかえる寸前でとまった。

揺れがおさまると、ロードは振りかえり、顔面蒼白になったジョイスに微笑みかけた。

「だいじょうぶかい、ハニー。一瞬びびっただろ」

ジョイスは黙ってロードを睨みつけた。それから息を吸いこんで、気のきいた言葉を探した。なんとか切れ味鋭い効果満点の言葉を見つけだして、たとえいっときではあれ、ロードの高慢ちきな鼻をへし折り、自分にとっては馴染み深い心配や不安を少しでも味わわせてやりたい。

珍しいことに、ちょうどいい言葉が見つかった。その言葉がロードの頭を素通りしないよう、一言一言嚙んで含めるように言った。

「トーマス・デモンテス・ロード、あんたに言いたいことがあるの。あんたのところにわたしの脚と同じくらい長い家系図があることは知ってるわ。たしかにわたしは家柄も何もない。でも――」

「でも、そんなことはどうだっていい。おれにとって、きみはいつだって夢の女だ。きれいに咲きほこる花だ」

ロードはへらへら笑いながら、唇を突きだして、キスしようとした。ジョイスはむっとした顔をして身体を引いた。

「やめて！　ふざけないで！　これはどうしても言わなきゃならないことなの。だから聞いてちょうだい。わかった？　ちゃんと聞くのよ」

ロードは愛想よくうなずいた。そして言った。聞くよ。聞きますとも。きみのような利口な女が言わなきゃならないことなら、とっても大事で、とっても耳に心地いいことにちがいない。一言も聞きもらしたくない。だから、もっと大きな声で言ってくれ。

「なんてヤな男なの、トム・ロード。意地悪で、嫌味で、馬鹿で……もっと大きな声でって？」

「そうだ。そうしたら、車の点検をしながら聞けるから。ちょっと手間がかかるかもしれない」

ロードはドアをあけて、外に出た。そして、車の横で立ちどまり、ジョイスに目をやった。

「どうしたんだい。何か言いたいことがあったんじゃないのかい」返事がかえってこないので、助け舟を出すように言った。「さしつかえなければ、それを書きとめておいてくれないかな。大きな字で。あとで読むから」

「はいはい。勝手に言ってなさい」

ロードはにやっと笑って、うなずき、車の前にまわった。車体の左側が滑稽に見えるくらい沈みこんでいる。苦々しげに口をすぼめて、腰をかがめ、車軸とショック・アブソーバーとスプリングが混沌とした秩序をつくっている車の下を覗きこんだ。

もっとよく見るために、うつぶせになる。しばらくして立ちあがると、古生代ペルム紀の赤い砂を手から払い落とし、つづいてハンドメイドのブーツや六ドルのリーヴァイスや二十五ドルで誂えたシャツからも払い落とした。

ロードは拳銃を持っていない。この郡の警察官としては異例のことだ。以前ジョイスが聞いたところによると、銃が必要になるような人間や状況に出くわしたことがないかららしい。本気でそう考えている。でも、それがロードのロードたるゆえんだ。小さな器に大きな自信。自分もそんなふうになれたら、とジョイスは思わずにはいられない。

いまもロードを見つめる目には愛しみと希望がある。果てしなく広い空と荒野を背景にしていると、自分の判断は間違っていないとたしかに思う。この神に見放された西部の片田舎では、ロードはちっぽけで、卑小にさえ見える。

見てくれは悪くない。真っ黒い髪と目。彫りの深い顔立ち。けれども、見てくれという点だけでいうなら、もっとハンサムな男はいくらでもいる。外見を考慮に入れないとしたら、ほかに何があるだろう。身体はそんなに大きくない。どちらかというと中ぐらいだ。筋骨隆々というわけでもない。身のこなしには切れがある。そういうところを見せることはめったにないが、それは間違いない。けれども、力強さはなく、なんとなく頼りない感じがする。小さめの手と足のせいで、華奢にさえ見える。

要するに何もない。それでも、万人に対して不思議な神通力を持っている。そうなのだ。彼がほしい。絶対に手に入れてみせる。

ジョイスの視線に気づいて、ロードはブーツ愛好家特有の気取った歩き方で戻ってきた。この田舎者はどうしていまだにブーツを履いているのか。一昔前ならともかく、いまは馬にまたがる機会などめったにないのに。ロードは運転席にすわると、葉巻を口にくわえ、わざとらしい礼儀正しさで一本をジョイスにさしだした。

「いい加減にして、トム。その道化の真似、ちょっとの間でもいいからやめてくんない」

「好きな銘柄じゃないのか。それとも葉巻の気分じゃないってことか」

「わたしは町へ帰りたいの。そういう気分なの。どうなの。町へ連れて帰ってくれるの？ それとも歩いて帰れってこと？」

「歩いたほうが早いかもしれない。前輪のスプリングがいかれちまってる。でも、どうだろう。やっぱりどっちもどっちかな。町までの距離は六十五マイル。スプリングを修理するには、最低でも二時間はかかる」

「どうやって、何を使って、修理するのよ。ここにはガラガラヘビしかいないのに」

ロードは含むところがあるように笑った。「本当に？ ガラガラヘビしかいない？ だったらガラガラヘビの親分に助けてもらわなきゃ」

「トム！　やめてちょうだい！　くだらないことばかり言ってないで――」

ロードは話を遮って指さした。「ほら。あそこにやぐらが見えるだろ」

このときは見えた。遠くのほうに試掘井のやぐらがある。油井に関するジョイスの限られた知識でも、そこへ行けば車を修理できることくらいはわかる。少なくとも町に戻ることができる程度の修理はできるはずだ。その種の施設では、考えうるおよその緊急事態に対処できるようになっている。人里から何マイルも何時間も離れたところにあるがゆえに、そう簡単に外部の者に頼ることはできないからだ。

「だったら、そこへ行きましょ。こんなところで――」ジョイスは急に言葉を途切らせて、顔をしかめた。「さっきのガラガラヘビの話だけど、あれはどういう意味なの。ガラガラヘビの親分に助けてもらうって?」

「決まってるじゃないか。言葉どおりだよ。ほかにどんな意味があると言うんだい」

ジョイスは唇を固く引き結んで、ロードを一睨みした。それから、無関心を装って肩をすくめ、バッグからコンパクトを取りだし、化粧を直しはじめた。こういうときには、なんの興味もないように見せかけるのがいちばんだ。そうしないと、じらされ、もてあそばれて、自制心を失い、癇癪を起こし、その結果トム・ロード対ジョイス・レイクウッドの鎬《しのぎ》を削る戦いにまた惨敗することになる。

車はカタツムリが這うように進んだ。左側の前輪の泥除けがタイヤに当たったり、こすれたり、ときには道路を掃いたりしている。ロードはハンドルを操りながら、調子っぱずれに口笛を吹いている。一筋縄ではいかない厄介な策謀が計画どおり進んでいるといった感じで、ずいぶん楽しそうだ。自信満々だが、その裏に高まる緊張が見てとれる。それは電流のように流れでている。均整のとれた身体の内側の筋肉と神経が、いつでも行動に移れるように身構え、そのときを待ちかねているように見える。

こんなロードを見たことはまえにも一度――いや、何度かある。そのなかでも特に鮮明に記憶に焼きついているのは、ビッグ・サンドの目抜き通りで、ロードがハイランド・オイル&ガス社の現場責任者アーロン・マクブライドを叩きのめした日のことだ。

ロードはずっとまえからアーロン・マクブライドが法の網に引っかかるのを待っていた。その機会が訪れたのは、マクブライドが腰に拳銃をさして町にやってきたときだった。そのとき、拳銃を持っていたことにはもっともな理由があった。その日は会社の給料の支払日だったので、多額の現金を現場に持っていくことになっていたのだ。これまでは拳銃をおおっぴらに持っていても、なんのお咎めを受けることもなかった。

ロードに問い詰められて、マクブライドは言った。「いったいどういうことなんだ。この町で拳銃を持ってるのはわたしひとりじゃない。許可証を持ってない者も少なからずいる」

そう言ったのが間違いだった。言われたとおり許可証を出すか、拳銃を車に戻すかしていればよかったのだが、そうしなかったので、ロードの思う壺にはまってしまったのだ。

困ったことに、マクブライドとしては抗議をせずにはいられなかった。そうせざるにはいられないほど、ロードが居丈高だったからだ。

マクブライドは言った。「おかしいじゃないか。許可証を持ってないからといって、どうしてわたしひとりが槍玉にあげられなきゃならないんだ」

「何もおかしくはない。おれたちは誰も槍玉にあげようなんて思っちゃいない。わかるな。必要もないのに、善良な市民に迷惑をかけるつもりはない。もちろん、今回も例外じゃない。ハイランド社のお偉いさんには特に慎重じゃなきゃと思ってる」

マクブライドは怒りに顔を真っ赤にした。もちろん、会社にギャングの金が入っているという話は聞いて知っている。でも、それは自分には関係のないことだ。自分は正直者で、会社のために一所懸命仕事をしているにすぎない。おかしな言いがかりをつけられる筋合いはない。

「いいかい、ロード」マクブライドはしわがれた声で言った。「きみがわたしを憎んでることはわかってる。無理もないと思う。ハイランド社はきみの金をだまし取った。そこにわたしも一枚嚙んでいると思ってるんだろ。でも、それはちがう。本当だ。わたしは弁護士でもなんでもない。ただ言われたことをしただけで――」

「なるほど。悪党に雇われたのが運の尽きってわけだな。まあいい、ミスター・マクブライド。

とにかく、その拳銃をよこせ。いますぐに。それがいやなら、許可証を出せ。いますぐに」

マクブライドはどちらもできなかった。当然だろう。ロードが言ったように、いますぐにというわけにはいかない。たとえ数分でもゴネないと面子《めんつ》が立たない。保安官補の言いなりになっていたら、職場で立つ瀬がなくなる。油田の労働者は荒くれ者ばかりだ。この小さな町のおどけ者にコケにされたら、連中に顔向けができなくなる。睨みをきかせることができなくなる。

「ちょっとだけ待ってくれ」マクブライドは必死の口調で言った。「これから銀行に行かなきゃならないので――」

「いいや、いますぐだ」ロードは言って、マクブライドの腕をつかんだ。

勝負は決まっていたが、マクブライドはもうゲームから降りられなくなっていた。手持ちの最後のカードは最悪のものだが、いまはそれを使うしかない。

マクブライドは手を振り払い、身体を押しのけようとして、ロードを店の外に押しだしてしまった。

それはマクブライドが自分の意志でやった事実上最後の行動だった。

ロードは内臓が背骨に押しつけられるくらいのパンチを腹に食いこませた。マクブライドが身体をふたつに折り、あえぎ、つい先ほど食べた朝食を吐きだしたとき、今度はアッパーカットを見舞って、その身体を起こした。そして、後頭部へ一発。それで、また身体がふたつに折れる。つづいて、全身が麻痺するような心臓への一撃。もう一度内臓がぺしゃんこになるような腹への強打……

マクブライドはその動きについていけなかった。防御の態勢をとることすらできない。ひとりではなく、十数人を相手にしているようだ。もう面子も誇りも関係ない。頭のなかにあるのは、逃げることだけだ。

このままだと殺される。自分は何も悪いことをしていない。故意に他人を傷つけるようなことは何もしていない。自分は命令に従って、与えられた仕事をしただけだ。なのに、殺されようとしている。衆人環視のなかで殴り殺されようとしている。

だが、殺されるということ以上に納得がいかないのは、ロードはおそらくなんの罪にも問われないということだ。ひとを殺しても、なんのお咎めもなし。非は自分にあるとされる。ロードは何ごともなかったかのような涼しい顔をしていられる。保安官補としての務めを果たしたというだけだ。ちょっと張りきりすぎたと言われるだけだ。

マクブライドはよろけながら通りに出ると、地面に砂ぼこりをあげてばたりと倒れた。それでもすぐに立ちあがったのは、恐怖におののき、長くのびる死の影から逃れるためだ。目が見えない。筋道立てて考えることもできない。笑いや嘲りの声がかすかに聞こえるが、その意味を正確に理解することもできない。ロードがしばらくまえに殴るのをやめていたということも、自分がふりまわしている重い腕が空を切っていることもわからない。

誰もが憎い。みな理解の範囲を超えている。みなロードと同じように、法律など糞食らえの世界に生きている。みな死にゆく者を笑う。ひとが殴り殺されそうになっているのを嘲笑う。どうにもならない。あとは死ぬだけだ……

ドナ！　若妻のドナ。妻であり、同時に娘のようなドナ。ふたりは似た者同士だ。規則に従って生き、安易な妥協はしない。状況に流されたり、目をくらまされたりしない。ドナだったら——意識を取り戻したのは、ロードの家だった。より正確に言うなら、ロードの死んだ父親であり、医師であった男のオフィスだった。かたわらにはロードが寄り添い、顔を洗ったり、傷あとに薬を塗ってくれたりしていた。

目をあけると、ロードはにやっと笑った。「心配するな。悪いようにはしない。学位はとらなかったが、薬のことは親父よりよく知っている」

マクブライドは起きあがろうとした。ロードはその胸をそっと押して長椅子に戻した。

「手荒な真似をしてすまなかったな。ほかに方法がなかったんだ。わかってくれ。ひとりが法の網を擦り抜けたら、それに倣う者が次々に出てくる。そのことをわかってもらいたかったんだよ」

「あまりにも身勝手すぎるじゃないか」マクブライドは苦々しげに言った。「わたしが銃器の携帯許可証を持っているかどうかは関係ないってことじゃないか。きみは——」

「身勝手さは、どんなときにもついてまわる。そうじゃないことがどこにあるっていうんだ。あんたはおれをだました。それをあんたは仕事だと言う。どこも身勝手じゃないと言う。けど——」

「わたしは会社のためにきみと契約を結んだんだ。百パーセント合法的な契約だ」

「なるほど。おれはあんたをおおやけの利益のために叩きのめした。百パーセント合法的な暴力だ。でも、そんな理屈で本当に納得がいくのか」ロードは大きく身を乗りだした。「いいか、マクブライド。おれはあんたの会社と取引をしたんじゃない。あんたとしたんだ。だから、あんたはその尻拭いをしなきゃならない。少なくとも、そのための努力ぐらいはする必要がある。そうすれば……」

マクブライドは聞いていなかった。聞いていたとしても、考えが変わることはなかっただろう。これまでは出世一筋で、組合に所属することもなかった。なんらかの意見を求められたとき、その言い分はつねに経営者側の意向にそっていた。真正直で、法を破ったことは一度もない。たとえ会社の手となり足となって法を悪用することがあったとしても、それはそれ。どの取引にも勝者と敗者が存在する。経営者を敗者にしないことが自分の仕事であり、信念であり、教義なのだと思っている。

話の途中で、マクブライドはとつぜん立ちあがり、帰らせてもらうと言った。「もう一度殴るつもりがないのならな。きみの腕力は証明ずみだ」

ロードは眉根を寄せた。「ちょっと待て。こんな宙ぶらりんの状態のまま放っておくつもりか」

「それはきみ次第だ。わたしはこの町から去る。こんなことになったからには、もうこの町にはいられない。わたしはきみの前から姿を消す。だから、きみもわたしの前に姿を現わさないでくれ。でないと、どうなるかわかるな、ロード。正当な理由もなく、わたしの仕事の邪魔をしたら……」

「どうなんだ。邪魔をしたら、どうするんだ」

「その鼻を後頭部までめりこませてやる」

ロードはにんまりした。「試しにやってみるがいい。ああ。おれは全然かまわないぜ」

それ以降、マクブライドは二度とビッグ・サンドの町に姿を現わさなかった。住まいはそこから二十マイル離れた別の町に移していた。仕事に関して言えば、以前のような大きな顔はもうできなくなった。十人以上の従業員の馘を切ったし、ほぼ同数のケツを蹴り飛ばしたが、心の内側で何かが死に、それをよみがえらせることはできなかった。必要がないかぎり、どこへも行かなかったし、誰とも話さなかった。自分の殻の奥深くに閉じこもっていた。そこで思案をめぐらしていた。

そう、マクブライドは思案をめぐらしていた。

ジョイス・レイクウッドがコンパクトから顔をあげたとき、コンヴァーティブルは大きく揺れながら右に曲がった。そこはトラクターやトラックなど種々の車の轍が交錯している草地だった。前方一マイルほどのところに、試掘井のやぐらと付帯施設が見える。道路わきに看板が出ている。記載事項は、知らない者には、滑稽なほど細かすぎるように思えるかもしれない。だが、油田地帯では、何千何百とごく普通にあるもので、異なるのは記載内容と配列だけだ。

ここの看板にはこう記されている。

検査員　トーマス・デモンテス・ロード
パーディー郡、エルシン・タウンシップ
北東部、南一六〇、区画番号一六〜三〇
試掘番号一
ハイランド・オイル＆ガス社
監督責任者　アーロン・マクブライド

ジョイスは目を大きく見開き、血の気の失せた顔でロードの腕をつかんだ。「駄目よ、トム。行っちゃ駄目！」

「熊を見たと言ったのかい」ロードはわざとらしく耳に手をあてるポーズをした。「よく聞こえなかった」

「聞こえたでしょ！　お願いだから、トム、行かないで――」

「なんで睨みつけるんだい。新しいスプリングが宙に浮いてるのかい」ロードは言い、それからジョイスが泣きだしそうになっているのを見て、元気づけるように膝を軽く叩いた。「心配することはないさ。ハイランド社はあちこちに多くの掘削施設を持っている。マクブライドがここにいるわけがないよ」

ジョイスはなじるような口調で言った。誰に向かってそんな戯言《たわごと》を言っているのか。ここは試掘井で、ほかとはちがう。油田の現場責任者がここにいる確率は五分五分より高い。

「それくらいわかってるでしょ。ははーん。あんた、わざとスプリングを壊したのね。何かの思惑があって」

「まさか。そんなことを本気で思ってるのかい」

「まあいいわ。仕方ない。頭を吹き飛ばされてもいいと言うなら、とめるわけには――」ジョイスはそこで言葉を途切らせ、ほっとしたような顔になって、指さした。「やっぱりマクブライドはここにいないかもしれない。試掘井は閉鎖されてるみたいよ」

ロードも同意見で、その洞察力の鋭さを褒め、それからこう付け加えた。目が見えず、耳も聞こえず、五マイル以上離れていたら、自分はそのことに気づかなかっただろう。つまりずっとまえから、たぶん車のスプリングが壊れたことがわかったときから、試掘井になんの動きも音もないことに気がついていたということだ。

「でも、誰かいる」ジョイスは言った。「ほら。ふたりの男が小屋から出てくる。もしかしたら、そのひとりが――」

「ちがう。あのふたりはレッド・ノートンとカーリー・ショーだ。おれの友達だよ」

名前を知っているのなら、友達なのだろう。ロードのまわりには、そういう者が何百人といる。みなそんなに馴れ馴れしくはない。どちらかというと、ロードのほうがいつも距離をとっている。それでも、ロードは好かれているし、ロードのほうも愛想を振りまくことを忘れない。

「でも、お願い、トム。こんなところにいつまでもいる必要はない。スプリングを直したら、もし直せたら、すぐに出発よ」

「もちろん。もちろんだよ。用がすめば、跳んで出る。鶏小屋に忍びこんだイタチのように」

ロードは車をとめて、外に出ると、ゆっくり歩きはじめた。ふたりの男はこっちに向かってきて、コンヴァーティブルから十五フィートほど離れたところでご対面となった。握手をして、おたがいの調子を尋ねあい、天候についてやけに細々とした意見を交わしはじめる。

ジョイスは目をくりくりさせて、ため息をついた。これはいったいどういうことなの？　いったい全体なんのつもりなの？　この分だと、トイレに行くにも、仰々しい挨拶が必要になるにちがいない。

男たちのくだらないやりとりをじれったそうに聞きながら、ジョイスは思った。どうしてロードはいつまでも用件を切りだそうとしないのか。どうして故障箇所を指さして修理を手伝ってくれと頼まないのか。どうして陽光の下で他愛もないおしゃべりを続けているのか。いつマクブライドが姿を現わすかわからないのに。いま自分たちは死のドアのすぐ前に立っているかもしれないというのに。

でも、男たちにすれば、あたりまえのことかもしれない。車のスプリングが壊れているのは一目瞭然だ。だったら、どうして相手を馬鹿扱いするように、わざわざ指をさして示さなければならないのか。どうして相手の親切心を疑うように、わざわざ口に出して頼まなければならないのか。ほかにあてにできるところはないのだから、よほどのことがないかぎり、頼まなくても助けてもらえることはわかっている。少なくとも、三人は友達同士だ。おたがいに果たすべき義務は心得ている。

こういう人里離れたところでは、何カ月も、ひとりの友人にも、いや、ひとそのものにも会わないことがある。もちろん、長い孤独のなかでできた溝は、容易には埋まらない。埋めようがない。それでも、ひとは他人に興味を持たず、また他人から興味を持たれずに、どうやって生きていくことができるのか。どうして生きていかなければならないのか。

ロードはふたりに葉巻を渡し、マッチを擦って火をつけてやった。それから、もう一本のマッチで自分の葉巻に火をつけ、だがその火を指でつまんで消すと、掘削装置のほうへ無造作にはじき飛ばした。

「何かあったのか」

「大ありさ」カーリー・ショーが言い、レッド・ノートンが説明した。掘削用の機材が井戸の下に落っこちているという。

「見てみたいかい、トム」

「さあ——」ロードはためらったが、誘いの言葉の裏にある意味はすぐに理解できた。何か尋常でないことが起きているということだ。「そうだな。念のために見ておいたほうがいいかもしれないな」

それはケーブルツール・リグと呼ばれる、石油産業そのものと同じくらい古い掘削装置で、重いビットを地面に打ちつけて穴を掘っていく。だが、この十年ほどのあいだに、ロータリー式の掘削法に急速に取ってかわられつつある。ロータリー式だと、ドリル式のビットを回転させて穴を掘るので、効率がまるでちがう。とはいえ、ここのようにまだ調査中で、人里離れていて、ひとつの井戸しか掘られていないようなところでは、複雑で高価な機械を持ちこんで設置するのは利口でないと考えられている。

ロードはやぐらのすぐ前まで歩いていって、そこにあるものを見あげた。パイプと鋼索とビットから構成される掘削装置が丸ごときれいになくなっている。四十フィート上で、むきだしのケーブルがゆっくりと風に揺れている。

レッド・ノートンが何が起きたのか説明した。「いまは地下九百フィートまでいっている。昨日の正午に地下八百五十フィートのところに十二インチのパイプをおろして、四時ごろまで掘り進めていたんだけどよ。そこで地質が急に柔らかくなり、ビットを引きあげるのがだんだんむずかしくなってきやがった。マクブライドはアンダーリーマーを使うほうがいいと言って……」

ロードはうなずいた。地質が軟弱なときには、ビットをアンダーリーマーに交換する。それはパイプのなかに固定されているのではなく、パイプといっしょに働くので、井戸の崩落を防ぐことができ、作業を中断したり、器具を回収したりする手間をかけることなく、穴を掘りつづけることが可能になる。

「それで?」ロードは先を促した。

「手持ちのビットはすべてロータリー式だし、アンダーリーマーを明日までに運びこむことはできない。結局、マクブライドは明日まで待つことにした。知ってのとおり、あいつのやり口は徹底している。おれたちは全員解雇され、もうひとつのやぐらの受けもちは休みをとらされた。でも、おれとカーリーはここに残ることにした。なにはともあれ、夜露をしのぐ場所が必要だからね」

ロードは驚きの色を隠せなかった。「全員解雇？　一日かそこら仕事がなくなっただけで？」

「そういうことだ」カーリーが苦々しげに言った。「失業者はいくらでもいる。いつでも補充できる」

レッドが続けた。「とにかくそんなわけで、今朝、外に出てみると、あんなふうになっていた」葉巻をそっちのほうに向けて、「ケーブルが切られて、六千ポンドの機材が泥のなかに埋まっていたんだ」

「信じられない」ロードは言い、それだけでは足りないと言うように舌打ちした。そのあとひとしきり深い沈黙が垂れこめた。「ケーブルが切られたというのはたしかか。機材が落ちた理由はほかに考えられないのか」

レッドは肩をすくめた。「考えられなくもない。でも、たぶんそんなことはないと思うよ。マクブライドも同意見だ」

「なるほど。やつは誰がやったか知ってるんだろう。あんたたちのすぐ近くにいる誰かってことだ」

「なあ、トム」カーリーが言った。「おれたちの車を使って、この車はここに置いていったらどうだい。どうせおれたちはどこにも行かねえんだから」

「そうだな――」ロードは一思案し、それから礼を言って断わった。「マクブライドがおれの車を見て、あんたたちの車が消えていることに気づいたら、面倒なことになる。せっかくの友達を失いたくない。バネ板を貸してもらえれば――」

「貸せねえんだ、トム。マクブライドが倉庫のドアに錠をかけている。炊事場にさえ入れないようになってる」カーリーはいまいましげに唾を吐いた。「おれたちをまったく信用してないってことだ。やつが盗まれないと思ってるのは、てめえの母親の母乳くらいなもんさ」

カーリーは自分たちの車を使えともう一度言ったが、ロードはやはり断わり、マクブライドはいつ戻ってくるのかと訊いた。

「そんなに遅くはならないはずだ。おれたちは朝メシ以降なんにも腹に入れちゃいない。マクブライドは食い物を持ってくることになっている。実際のところ、復職するまでメシだけは食わせてもらえることになってるんだよ」

ロードは考え、心を決めた。そのことを話すと、ふたりは同意した。彼らの行動規範からすると、それは当然のことだろう。たとえロードが見知らぬ者であったとしても、そうするのは義務だという判断を下したにちがいない。

ロードはジョイスに声をかけ、手招きし、指さした。ジョイスは車を発進させ、倉庫のほうにゆっくり近づいてきた。

ロードは倉庫のドアをこじあけ、チェーンブロックを引っぱりだした。「いいか。これは全部おれがひとりでやったことだ。あんたたちに責めを負わせたくない。おれはひとりで倉庫のドアを破った。そして、必要なものをちょうだいした。あんたたちはおれから金を受けとるだけでいい。それで損害を埋めあわせられるようにする。ふたりとも今回のことにはなんの関係もない。

あんたたちにできることは何もない」

三人はさっそく作業にとりかかった。車体のフロントの下にチェーンを引っかけて持ちあげる。壊れたバネ板をはずし、そのあとに新しいバネ板を押しこむ。ジョイスはそこから数フィート離れたところにあった板材の上にすわって、心配そうに作業の進み具合を見ていた。

車を叩いたり、こすったり、毒づいたりで（〝レディ〟がそばにいるので言葉はやや控えめだったが）、そこは騒々しかった。車の先端が少し上を向いていたので、その向こう側を見ることはできなかった。

そんなわけで、誰もマクブライドが近づいてくることに気がつかなかった。気がついたとき、そこまでの距離は数フィートしかなかった。

マクブライドは手に拳銃を持っていた。その拳銃を振って、カーリーとレッドを脇に寄せた。そして、狙いをトム・ロードに定めた。

3

ロードが休学を余儀なくされたのは、医大の二年生の春のことだった。父親が重病を患い、仕送りが途絶えたため、故郷へ帰らざるをえなくなったのだ。当初は学業の中断は一時的なものだと思っていた。遅くとも秋には学校に戻れる、ひとの二倍勉強すれば、遅れはすぐに取り戻せると思っていた。

そう思うしかなかった。ほかにどうすればいいというのか。

残念なことに、父は回復しなかった。同じくらい残念なことに（もちろんロードはそんなふうに考えなかったが）、死にもしなかった。病気は長びき、年ごとにより手厚い介護が必要になり、生きる価値のない命を長らえさせるために出費はかさむ一方だった。

家も家具も抵当に入った。負債者のなかには、大赤字だと自己申告し、架空の借入金を涼しい顔で速やかに返却する者もいる。だが、本当に追いつめられた本物の負債者は、爪に火をともし、滞った債務を少しずつ返済していかなければならない。銀行は金を貸してくれなかったが、銀行の頭取は個人的に金を融通してくれた。地元の商店主は付けの期限を延ばしたり、請求金額を半分に棒引きしたりしてくれた。

この種の寛容さは慈善ではない。トム・ロードがしっかり者で、借りた金はいずれ耳を揃えてかえすことは、みなわかっていた。ロード家というのは傑物の家系だ。世の潮目が変われば、そのことが証明されるだろう。この郡のほかの者がいまそのことを証明しているように。

仕事は？　トム・ロードは生計を立て、運命によって突きおとされた穴から這いでることができるのか。もちろんできる。ふさわしい仕事が見つかりさえすれば。だが、そんな仕事が本当にあるだろうか。旧家の出ながら破産寸前の若者が、この一億エーカーの原野でできる仕事が……タイプ係というわけにはいかない。酒と賄いつきの牛追いというのも、どうかと思う。柄でないし、そもそも求人も少ない。だが、そういった職種を除外すると、就ける仕事は事実上なくなってしまう。

話を元に戻すと、問われているのが単純に学歴の有無だとわかったときから、不吉な予感はあった。ロードのような専門的な知識も技術もない者にできることは、ここではほとんど何もない。なんとかして大学は出ておかなければならない。でないと、どうなるか。でないと、このきのような難儀に直面することになる。

大学を中退して七年後に、父は死んだ。ロードは弔問に訪れたデイヴ・ブラッドリー保安官をほかの会葬者から少し離れたところへ連れていった。

「保安官補のポストがあいていると聞いたんですが……仕事がほしいんです」

それを聞いて、ブラッドリーは驚き、同時に当惑した。必要なのは永続的に働ける者だ。きみはすぐに学校へ戻るつもりでいるんだろ。

「いいえ。たとえ金銭的な余裕があったとしても、もうそんなことは考えていません。間があきすぎました。大学に戻るとしたら、また一からやりなおさなきゃなりません」

「しかし、保安官補の仕事は……もちろん、仕事自体に問題があるとは思わない。やりがいのある仕事だし、給料もこの地域ではいいほうだ。しかし――」

「わかります。同僚とうまくやっていけないと思ってるんですね。反感を買うと考えてるんですね」

ブラッドリーはなかば身悶えしていた。「い、いや。そんなことはない。決まってるじゃないか。きみがそんな鼻つまみ者だとは思っていない。でも――」

「お願いです、保安官。チャンスをください。チャンスをくれるだけでいいんです。誰にも文句を言われないようにします。みんなに気にいられるようにします。キツネにくっつくイガのように」

「さっきも言ったように、きみには――」保安官は口を閉じ、目を大きく見開いた。「えっ？ いまなんと言ったんだ」

ロードは微笑んだ。「そういうことです。でしゃばったことはしません。本当です。胡椒瓶の上のハエの糞ほども目立たないようにします」

こんなふうにロードは職を得て、仕事を続けた。仕事は簡単だった。びっくりするほど簡単だった。家柄というものはつねに存在する。ロードをいまのロードにしたのは、何世紀にもわたって続いてきた育ちのよさと豊かな財力だった。そこからくる鼻持ちならなさは一年もしないうちにすっかり消えた。無教養を自慢の種にし、その対極にいる者に警戒の色をあらわにする男たち、いわば〝郡庁舎の無作法なカウボーイたち〟と同じレベルにみずからを置くようになった。

表面的には変わった。時間はいくらもかからなかった。だが、実際のところは何も変わっていなかった。愚かで軽薄なトム・ロードの裏側あるいは内側には、もうひとりのトム・ロードがいた。それが本物のトム・ロードだ。それは征服者《コンキスタドール》の末裔であり、割り当てられた役どころにおさまりきれず、消えてなくなる権利を残酷にも否定されている男でもある。

外側の殻は分厚くなるばかりで、本物のトム・ロードは年とともにだんだん小さくなっていった。それでも、間違いなくそこに存在していた。そして、その一部はしばしば表面に突出し、わざとらしい西部人きどりや、辛辣なからかいの言葉として発現し、変えることができない世界に闇雲に猛反撃を加えている。

老獪なデイヴ・ブラッドリーは薄々気づいているらしく、一度その話を持ちだしたことがある。なんとはなしに虫の居所が悪いってことか？　漠然と人間に腹を立て、誰かが糞をしているのを見たら、そのケツを蹴とばしたくなるってことか？

ロードは質問にまごついた。何が言いたいのかよくわからなかった。「どうしてそんなにいらつかなきゃいけないんです。自分は人並み以上の果報者だと思っています。郡には何やかやと面倒をみてもらっている。職場には多くの友人がいて、いつも楽しく、わいわいがやがややっている。いらつかなきゃならないようなことは何もない。考えたこともない。仕事自体は気楽なものです。でんと腰をすえて、尻に火がついても小便を漏らさないようにしているだけでいい」

ブラッドリーは無理に笑った。「いいかね。わしは――」

「冗談を言ってると思ってるんですか。いいえ、そうじゃありません。ぼくは三十三歳で、人口千九百人ばかりの郡の保安官補です。十年たっても、なんの変わりばえもしないと思っています」

「ひょっとしたら思っている以上のことになるかもしれんぞ」

「どういうことでしょう」

ブラッドリーは説明した。パーディー郡にも油田があることがわかった。すでに多くのひとが流れこんできている。「わしはもうそんなに身軽に動きまわれない。それで副保安官を置こうと思ってな。きみの待遇はいまよりずっといいものになる。そして、わしが引退したら、きみはすんなり後釜にすわれる」

「ぼくが？　郡の保安官に？」ロードはいきなり拓けた未来に戸惑いを隠せなかった。「まさか。考えられません。なんと言えばいいかわかりません」

「考える時間は充分にある」ブラッドリーは冷ややかな口調で言った。「でも、無理に考える必要はないんだぞ」

ブラッドリーはあきらかに気分を害している。ロードは言ったことをすぐに後悔した。「すみません。いつもの癖なんです。ぼくはあなたの代役が務まるとは思わないし、そんな野心を持ったこともありません。でも、副保安官になりたいという気持ちはもちろんあります」

ブラッドリーは大きな音を立てて咳払いをした。「まあいい。ほかにもっと適切な人物がいるとも思えんしな。でも、言っておくが、トム――若造のトム」眼鏡ごしに灰青色の目をこらして、

「気をつけろ。きみは自分のなかにいらだちの種をかかえている。それを吐きだせ。内にためこむな」

「わかりました。気をつけます」

「それがいい。法の執行官がまともじゃなきゃ、とんでもないことになる。きみはバッジの後ろにいて、民《たみ》はその反対側にいる。言ってみれば、きみは世界を手に入れ、それを思いのままに操ることができるってことだ。わかるな。最初は軽くつねるだけだが、次に身体を揺すり、最後には首の骨をポキンと折ってしまうようになる」

ほかの保安官補もロードにからかわれていることに気づいていたが、受けとり方はブラッドリー保安官と同じではなかった。みな自分たちを滑稽だとは思っていなかったし、その裏の意味を読みとろうともしなかった。あいつは友人らしく振るまおうとしていただけだ。仲間になりたいと思っているだけだ。言葉が少々辛辣になったとしても、咎めだてするには及ばない。あんないいやつはいない。酒もポーカーも断わったことはなく、まわりにはいつも大勢の取り巻きがいる。ひとを見てくれで判断しちゃいけない。小枝で熊を狩ることができる人間もいる。

ロードが副保安官に任命されるという話は、妬みをかうどころか、みんなから喜ばれ、誇らしいことだと賞賛された。それは当然の結果であり、最良の人選と見なされた。かりに選ばれるのがほかの誰か――古株の保安官補のひとりだったら、同僚たちは面白く思わなかっただろう。しかし、ロードなら、そこに多少の依怙贔屓《えこひいき》があったとしても許される。どこからも文句は出ない。

ロードは決して教養をひけらかしたりせず、みんなと同じように話し、みんなと同じように行動する。実際のところ、頭のよさは折り紙つきだ。ペーコスのこちら側ではいちばんと言っていいだろう。そのような男が副保安官になるのは素晴しいことだ。それで何もかもがうまくいく。世界におけるパーディー郡の地位が高くなるような気さえする。

だから、全員がトム・ロードの昇進を喜んだ。全員が満足げだった。

ただロードだけはちがった。

永遠にテキサスの西のはずれに住みつづけなければならないことは、先刻承知の上だった。あまりにも長くここで過ごしすぎ、あまりにもこの土地とここの住民に馴染みすぎていたので、ほかの場所に順応することはもうできなくなっている。もちろん、それはそれでなんの問題もない。この土地が疎ましいわけではない。疎ましいのはここでの自分の存在——自分が本当の自分でいられないことだ。本当の自分でいるか、ほかのものになるかを自由に選べるとしたら、すすんで現状を維持する可能性すらある。

だが、選択の余地がないとすれば……ひとつの生き方を無理強いされ、堅い殻のなかで息をひそめてうごめき、這いまわるしかないとすれば……

そこから抜けだすのに遅すぎるということはない。そうしたい気持ちはまだある。そのために必要なのはひとつだけ。金だ。自分のような身の上の者がまとまった金を手に入れるにはどうすればいいのか。

とうの昔に死んで葬られた過去からの声がささやきかける。金なら手に入るとささやきかける。その声を最後に聞いてから、三十年近くたっている。その声の持ち主が、自分の後ろに通り抜けられない壁を立てて、自分の人生から出ていってから、三十年近くがたっている。その声がぼんやりと聞こえてきて、遠い昔の別れのときがいまによみがえる。

香水……窓からさしこむ月の光……風にそよぐポプラの木の音……手袋をした手が優しく自分を目覚めさせようとしている。

なんかおかしい。「どうしたの、ママ？ なんでおめかししてるの？」

「シーッ、静かに、いい子だから。これを持ってなさい。大切にしてね。これがあなたにあげられる唯一のものなの。引出しのターザンの本の下に入れておくわね」

「それはなんなの、ママ？ どこへ行くの？」

「心配しないで。もう少し大きくなったらわかるから。とにかくこれを大切に持ってなさい。それから、このことは誰にも話しちゃダメよ」

「パパにも？」

「そう。話しても笑われるだけだから。ばかばかしいとか、くだらないとか言って。ママがすることや言うことは、なんだって……とにかくパパには言っちゃダメ。どうしてか、それもあとでわかるから」

「ママ、どこへ――」

「さあ、もう寝なきゃ。いい子だから早く。ママはここにいるから」

それで納得がいった。「わかった。おやすみ、ママ」

夢うつつのなかで、母の優しい声がぼんやりと聞こえた。「さよなら、かわいい子……」


それはずっと同じところにしまいこまれていた。それはぼろぼろになった絹布で何重にもくるまれた薄い羊皮紙の束だった。

ロードは羊皮紙の束を取りだして、弁護士事務所を訪ねた。そこの椅子にすわって、弁護士の返答を待っているときには、埒もない与太話であり、何も期待しないほうがいいと思っていた。その弁護士は耄碌《もうろく》していたし、耄碌するまえも、出来がいいとはとても言えなかった。この町ではそうなるための経験を積むこともできなかったし、ロードと同様、この町では凡庸でもそれなりに面白おかしく暮らしていくことはできる。

羊皮紙を読みはじめたときの弁護士の言葉は、聞いている者の気分を浮き立たせるものでは決してなかった。

やれやれ。またか。この手の類《たぐい》のものはこれまでいやというほど見てきた。埋もれた財宝の地図と同じだ。メキシコ人の羊飼いのズダ袋には、ビスケットや豆といっしょに、こういったものがかならず一枚は入っている。

だが、弁護士は途中でとつぜん眉を寄せ、目を細めた。それから眼鏡をはずし、レンズを磨き、書類に鼻をこすりつけるようにした。

「な、なんと。こりゃ、たまげたな」

「どうかしたんですか」

「ちょっと黙っていてくれ。待ちきれないのなら、ほかの弁護士のところへ行ってくれ」

「わかりました」

弁護士は慈しむように羊皮紙をそっと指でなぞると、机の上から大きな拡大鏡を取って、色褪せたクモの糸のような細い字をゆっくり読みはじめた。

しばらくして椅子の背にもたれかかり、恐れいったというように首を振った。

「とんだめっけものだ。きみはこの郡でいちばんの長者になれるかもしれん」

「本当に?」ロードの顔は一気に緩んだ。「それは本当ですか」

「耳が悪いのか。そう言ったはずだぞ」弁護士はロードを睨みつけ、それから続けた。「そこは郡で最悪の土地で、実際のところなんの価値もない。イナゴも自分で昼食を持参しなきゃ横切れないようなところだ。でも、いまはありがたいことに採掘権というものが――もしそこで石油が見つかったら……」

「すごい。信じられない。本当に本当なんですね。あなたの言葉を疑ってるわけじゃないんだけど――」

「疑ってるようにしか聞こえないがね。きみはわたしの能力をみくびっている。百万ドルが手に入るかもしれないとわかったら、わたしをさしおいて、利口ぶった若い弁護士を雇うにちがいない」

「まさか。そんなことはしませんよ。どのような事態になろうと、すべてあなたにまかせます。引き受けてくれないと怒りますよ」

老弁護士は機嫌をなおし、感涙を二、三滴流しさえした。そして、これから取引の話が引きも切らず持ちこまれることになるだろうと請けあった。もちろん、そこに石油があるとわかればの話だが。

「いいかね。ここに〝スペイン王室による土地払いさげ〟とある。国の最高裁判所がそれを検認している。このあたり一帯の土地はきみのものだ。それは亡きフェルディナンド王とイザベラ王妃から授かったようなものといっていい」弁護士はけらけらと笑いながら羊皮紙の署名を指さした。「いや、実際に授かったんだ」

ほどなく石油ブームがパーディー郡にやってきた。油田はトム・ロードの土地までのびていた。それは所有地全体ではないが、そのかなりの部分を占めていて、大金が転がりこんでくるのはもう間違いなかった。問題はその金額がどれくらいになるかということだけだった。

借地業者、調査員、会社経営者、個人事業主などが途切れることなく訪ねてきた。その申し出は〝適正〟から〝論外〟まで、〝イマイチ〟から〝望外〟まで多岐にわたっていた。ロードは弁護士と相談の上、誰に対しても安易な妥協はしないことにした。

「わたしの依頼人を虚仮《こけ》にするんじゃないぞ」と、弁護士は言い放った。「地面の下に何があるかはわからない。わかっているのは、それはすべてきみのもので、きみはそれに対するすべての権利を有しているということだ。そこから差しひかれるのは、それを地上まで引っぱりあげるのに要する費用だけだ」

弁護士の言うことは筋が通っていて、どこにも間違いはないように思えたが、それでもロードはだんだん不安になってきた。地下の測量用の杭はまだ一本も打たれていない。石油の埋蔵量はどんなに大量であっても無尽蔵ではない。周辺の土地から石油が大量に吸いあげられたら、ロードの土地は、たとえ井戸がひとつも掘られてなくても、干上がってしまう可能性がある。居ても立ってもいられないくらい不安が大きくなったとき、こちらの条件を百パーセント満足させる取引の申し出があった。その話を持ってきたのがアーロン・マクブライドだった。

ロードはマクブライドに好印象を持った。その話しぶりの率直さや無駄のなさも気にいったし、さしだされた契約書が単純明快で、小むずかしい法律用語がまったくないのも気にいった。

マクブライドの雇い主ハイランド・オイル＆ガス社は、ロードの所有地の二十五パーセントを借りうけ、石油の産出コストの全額を負担する。そこには、井戸の掘削、パイプラインの敷設、貯蔵タンクの設置など、石油を市場に出すために必要なすべての工事費が含まれる。ロードが負担する費用はゼロで、しかも産出された石油の七十五パーセントはロードのものになる。もう少し正確に言うなら、ロードが所有している七十五パーセントの土地から出る石油は、すべてロードのものになるということだ。

いい話のように思えた。弁護士もそう思っていた。よすぎるくらい、いい話だと思っていた。それでも、弁護士にペンを持たされ、署名欄を指し示されたときには、ためらいを隠せなかった。そこにはあまりにも多くのことがかかっている。金だけではなく、自分の人生そのものがかかっているのだ。

ロードは契約書からゆっくりと顔をあげ、マクブライドの目を覗きこんだ。

「まだちょっと迷っているんだ。あんたの口から、これはいい契約だからサインすべきだと言ってくれないか、ミスター・マクブライド。そうしたら、サインするよ」

「わたしは弁護士じゃありません」と、マクブライドは言った。

「そんなことを訊いてるんじゃない」

「いいですか。そんなふうに言われても、わたしには――」マクブライドは言葉を濁し、ポケットに手を入れると、そこから二万ドルの小切手を取りだした。そして、それを机の上に置き、椅子の背にもたれかかった。「どうぞ、お受けとりください。本当はこれがなくてもサインしていただきたかったんですけどね。でも、まあ、仕方ない。これで気持ちがすっきりしましたよ」

「おたがいにね。あんたは誠実なひとだと思っていた。いまのでそれがわかったよ」

ロードは契約書にサインした。

そして、そのときの金の一部でコンヴァーティブルを購入した。残りは弁護士費用と年来の負債の返済できれいに消えた。

賢明にも、仕事はやめなかった。というのも、ロードが受けとった金は最終的にその二万ドルだけだったから。

最初に疑いを抱いたときには、疑いを抱いたことが恥ずかしかった。そのときは、焦ることはないと自分に言い聞かせた。マクブライドはめったやたら忙しい男だ。不審な箇所があれば、手があき次第、対処してくれるにちがいない。

マクブライドは誠実さが売りの男だ。でも、多忙をきわめていた。話を聞くために何度か呼びとめたが、いつも用があるとのことで、儀礼的な挨拶以上のことは何もできなかった。現場責任者の仕事が多忙であることはわかっている。それでもこれはビジネスなのだ。どうしても膝詰めで話さなければならない重要な要件なのだ。決して小さな問題ではない。数分くらい時間を割いてくれてもいいはずだ。

その数分を手に入れるのは容易ではなかった。三日間マクブライドのあとを追い、その車の行く手を自分の車でふさいで、ようやく話す機会を得ることができた。

ロードが向かってくるのを見て、マクブライドは顔をしかめた。ロードが断わりもなく助手席に乗りこむと、マクブライドは困ると言った。ひじように迷惑だ。勘弁してもらいたい。

「気持ちはわかる。でも、あんたにとっちゃ、このやり方のほうがずっといいと思うんだがね。なんだったら、別のやり方でもかまわない。でも、やっぱりこっちのほうがいいんじゃないか」

一瞬の間があった。ロードが暗に何を言おうとしているのか考えているのだろう。だが、どうやらわからなかったみたいだった。マクブライドは冷ややかな口調で言った。「わかったよ。われわれは一年ほどまえに契約を交わした。それで、きみは契約外の七十五パーセントの土地でいつ掘削が始まるのかと不安に思っている」

ロードはうなずいた。「当然じゃないか。あんたたちが所有する二十五パーセントの土地では五十以上の井戸が掘られてるんだから」

「わたしにはわからない。そう答えるしかない」

「わからない？　あんたは現場責任者だ。機械にも人員にもロスを出さないよう、先々まで綿密な計画を立てているはずだ。なのに、おれの土地でいつ掘削が始まるのかまったくわからないと言うのか」

マクブライドの口は固く結ばれている。一言も発しない。

「結局のところ、おれが所有している七十五パーセントの土地に井戸を掘るつもりはないってことなんだな。そういうことなんだな。井戸はあんたたちに貸した土地にあるものだけ。石油はすべてハイランド社のもので、おれは何も得られない」

「そうは言っていない」

「でも、それが事実だってことはわかってる。はじめからわかってたんだろ。だから、せめてもの罪ほろぼしをしろ」

「そ、それはどういう意味だ」

「いっしょに判事のところへ行くんだ。そこで知っていることを――知っていなきゃならないことを話せ。契約は悪意に満ちた詐欺行為だったと言うんだ」

「でも、わたしは――」マクブライドはごくりと唾を呑みこんだ。それから、不都合を言い逃れるために暗記した文章を棒読みしているような口調で言った。「きみは弁護士を連れてきていた。契約はまったく合法だ。契約の内容を解釈するのはわたしの仕事じゃない」

ロードは思案顔でひとしきりマクブライドを見つめ、それからゆっくりと葉巻を取りだして、火をつけた。「法というのはひとを守るものだ。もちろん、ときには間違いもある。人間が使うものである以上、それは完璧じゃない。だが、間違えたときには、もう一度よく吟味して、それを正さなきゃならない。そのことをあんたに頼んでいるんだ」

ロードは葉巻をふかしながら待った。マクブライドは何も答えず、ハンドルを強く握りしめ、道路前方に視線を固定させていた。

「あんたのような人間は大勢いる」ロードは続けた。「人類の歴史始まって以来どこにでもいた。ひとを火あぶりにしたり、拷問にかけたり、ガス室に放りこんで殺したり。そして、それはつねに合法的に行なわれてきた。つねに法の裏づけがあった。法律がないときには、急ごしらえでつくった。みな命令に従っただけだ。ちがうか。みな自分にはなんの責任もないと――」

マクブライドはくるりと首をまわした。「いいかね、ミスター・ロード。わたしは先の大戦を歩兵として戦い、一年間ドイツの収容所にぶちこまれていたんだ」

「それなのに何も学ばなかったのか。自分に好都合かどうか、法律の後ろ盾があるかどうかに関係なく、人間には正しいことをする義務があるということを学ばなかったのか。まあいい。仕方がない」ロードは車のドアをあけて、シートから滑りでた。「どうやらあんたの品性にあいた穴をふさぐ必要がありそうだな、ミスター・マクブライド。それはおれに負わされた義務だ」

ロードは会釈し、冷ややかに笑いながら立ち去った。

その二週間後に、マクブライドは銃の不法所持容疑で呼びとめられ、〝公務執行妨害〟のかどで意識がなくなるまで叩きのめされた。

そして、いままたロードはマクブライドと顔を突きあわすことになった。そして、このときはマクブライドに銃口を向けられていた。

撃つ気は余るくらいあるにちがいない。

必要なのは、根拠と口実、そして少しばかりの挑発あるいは正当性だけだ。

いや、その狂気じみた目の色からすると、そんなものは必要でないかもしれない。

4

振りかえって考えると、このときの状況の対処法は、ほかにいくつもあったように思える。いずれも実際に選んだ方法よりましだったにちがいない。でも、それはあとの祭りだ。このときは選択の余地などなかった。それは避けられないことであり、自然の成りゆきだった。このときはひとつのことしか考えられなかった。ここへ来たのは人生最大の間違いだった。たとえその必要があったとしても、マクブライドに対する執拗な怒りが残ってたとしても、ここへ来るべきではなかったのだ。

じつのところ、ケーブルが切断されたり掘削機材が泥のなかに埋まっていたりしていることを知っていたら、ここには来ていなかっただろう。マクブライドがこの破壊行為をロードのせいにすることは容易に予想できる。それは先日の殴打と同様の、いや、それ以上に手荒いマクブライドへの仕打ちであり、雇用主に対する攻撃ととらえるにちがいない。

だが、実際は何も知らなかった。いまとなっては、この大きな失態を埋めあわせる方法はない。もっと早く立ち去るべきだった。そもそもこんなところに来るべきではなかったのだ。

「聞いてくれ」ロードは知らず知らずのうちに大きな声を出していた。「ケーブルを切断したのはおれじゃない。ゆうべはずっと町にいたんだ。証明することもできる」

マクブライドは歯をむきだし、相好を崩して、甲高い笑い声をあげた。

「ああ、そうだろう。そうだろとも。きみは嘘をつき、町中の人間がきみの肩を持つだろう」

先日、叩きのめされたときからマクブライドは急に十歳以上年をとったように見える。体重は四十ポンド近く落ちている。やつれて死にかけている病人のようだ。仕事と良心との葛藤からこんなふうになってしまったのだ。ロードのせいで、これまでの生活や生計を得るすべが否定され、その存在自体が基本的に間違いであることを思い知らされた。ロードがいなかったら、こんなことにはなっていなかっただろう。これは自分で責任をとれることではない。何もかもロードのせいだ。

いつだってそうだった。いつだって……自分が会社のために証言した賠償請求訴訟で原告となった女。大きなトラクターが家族の墓地を踏み荒らすのをじっと見ていた黒人の小作人。会社の従業員が自分を見つめる目。死んだ妻の仕打ち。そして……有刺鉄線に引っかかった痩せさらばえた死体。生石灰が泡立つ長い塹壕。肉が焼ける臭い……

「車のスプリングが壊れたんだ」ロードは噛んで含めるように言った。「だから、ここに来るしかなかった。使ったり壊したりしたものの代金は払う」

マクブライドはまた甲高い笑い声をあげ、そして言った。そうなんだろう。そうに決まっている。レッドもカーリーもその女もそう言うだろう。でも、それは嘘だ。

「それから、おまえたち」マクブライドはとつぜん鋭い声になり、ふたりの作業員のほうに目をやった。「賃金はすでに払ってある。十分以内にここから出ていけ」

「おれたちはトムといっしょにいるよ」レッドが言った。「おれたちは――」

マクブライドは急に拳銃を横に振り、ふたりの作業員のあいだに向けて発砲した。そして、ふたりが後ろにさがると、銃口をふたたびロードに戻した。

「きみはもう逃げも隠れもできない、トム。現行犯に対しては、私人でも令状なしの逮捕が認められている」

「たしかに。でも、根拠が薄弱だ」

「不法侵入！　私有財産の意図的な破壊！」だんだん声が上ずってくる。「建造物の破壊！」――わめき声。「窃盗！」――金切り声。

罪状の列挙は、意味不明の支離滅裂な糾弾の声のようにしか聞こえない。それから、とつぜん忍び笑いが始まり、まる一分間続いたあと、始まったときと同じように急にとまった。

マクブライドはジョイスのほうに頭をねじった。「そこのおまえ。そのロープでボーイフレンドの手を背中で縛れ」

ジョイスはせせら笑っている。そんなことはできない、あるいはするつもりはないということだ。ロードはジョイスの視線をとらえ、言われたとおりにしろと目で合図した。だが、やはりそんなことはできないか、でなければ、するつもりはないみたいだった。

マクブライドは目を吊りあげ、喉の筋を膨れあがらせた。「聞こえなかったのか、淫売。言われたとおりにしろ」

「淫売?」ジョイスは色をなした。「淫売って言ったの、おっさん」

「そうだ、淫売」マクブライドはどうやらその言葉がお気にいりのようだ。「おまえは淫売だ! 最低ランクの、薄汚れた、すれっからしの淫売だ! 安物で、臭くて、腐りかけていて――」

ジョイスはすぐにかっとなるほうではないが、自尊心を傷つけられたときは別だ。そのときは、自分の行為がどのような結果をもたらすか考えることもない。この野郎は淫売と言った。そんなふうに言われて黙っているわけにはいかない。以上。付け加えることは何もない。

ジョイスの右手にはバッグが握られていた。一言も発することなく、途切れることのない一連の動作で、腕を後ろに引き、振って、手を放した。バッグは化粧品やヘアピンや小銭を撒き散らしながら宙を飛んでいく。マクブライドはそれをかわそうとして、とっさに両腕をあげた。

次の瞬間、ロードはマクブライドに飛びかかり、タックルを食わせた。マクブライドは岩のように倒れたが、拳銃は手放さなかった。ふたりは取っ組みあって雑草のなかを転げまわり、立ちあがっては、またすぐに倒れ、蹴りあったり殴りあったりしながら組んずほぐれつしている。とめることはできなかった。ジョイスは侮辱された怒りに目を尖らせて前に進みでた。ふたりの作業員は割ってはいる機会を用心深くうかがっているだけだった。

そのとき、銃声が響いた。ジョイスとふたりの作業員はあわてて身をひるがえした。頭をさげ、腰をかがめて、走りだしたとき、また銃声があがった。このときの銃声はくぐもっていた。

それから静かになった。

マクブライドは手足をひろげて仰向きに倒れていた。投げだされた右手にはまだ拳銃が握られている。ロードはゆっくり立ちあがり、マクブライドの身体を見おろした。それから、はっとしたように急に目をそむけ、手の甲で口を拭った。そして、ジョイスとふたりの作業員が近づいてくるのをぼんやりと見つめた。

ジョイスが最初にやってきた。ちらっと死体を見ると、ふてくされたように涙声で言った。

「あんなこと言うからいけないのよ。なんの権利があって、ひとを淫売呼ばわりできるのよ」

「そのとおりだ」ロードは同意した。「あんなことを言うべきじゃなかった」

「そもそもわたしたちがここに来たのがいけないのよ。そう言ったでしょ。頼んだでしょ。お願いだからと言って。なのに――なのに――」

ジョイスは両手を脇に垂らして、細めた目から子供のように大粒のきらきらした涙をこぼしはじめた。ロードは肩にそっと腕をまわして車に連れていき、優しく微笑みかけながら、水玉模様のバンダナで涙を優しく拭いてやった。

「だいじょうぶかい、ハニー。洟が出てるぜ」ロードがハンカチをさしだすと、ジョイスはそれで洟をかんだ。「水を持ってきてやろうか」

「いらない。わたしはただ――」ジョイスは車のミラーで自分の顔をチェックした。「やだ。ひどい顔になってる。わたしのバッグは――」

「すわってな。取ってきてやるから」

ロードはバッグの中身を忘れ物がないよう拾い集めた。ジョイスはコンパクトをつかみとると、あたふたと化粧を直しにかかった。ロードは苦笑いしながら振り向いた。そして歩きはじめたとき、呼びとめられた。

「ちょっと。どこへ行くつもりなの。こんなところでのんびりしてる場合じゃないのよ」

「わかってる。ちょっと話さなきゃならないことがあるんだ」

「話すって何を？ あいつは死んだんでしょ」

「たぶん。頭から脳みそがなくなったのじゃ、生きるのはむずかしいだろうな」

ジョイスはたまらないといった感じの声をあげた。ロードはレッドとカーリーのほうへ歩いていき、ふたりが死体から目をあげると、うなずきかけ、三人でなだらかな坂をのぼっていった。坂をのぼりきると、ロードは立ちどまり、後ろを振りかえった。

「これ以上死体を見たくなかったんだ」ロードは言った。「こんなことはとても受けいれられない」

ふたりは同感である旨を小さな声で伝えた。レッドが実際のところ何が起きたのかと訊く。

「それがよくわからないんだ。なにしろあっという間の出来事だったから。おれが拳銃を取りあげようとしていたのはたしかだ。でも、あいつが死んだときに、おれが拳銃をつかんでいたとは思わない。あいつが拳銃を振りまわして、たまたま自分の頭を撃ってしまったような気がする」

「あんたの責任じゃないよ、トム」

「ああ、故意にじゃないのは間違いない。でも、おれがここにいなけりゃ、こういうことにはならなかったはずだ」

「自分を責める必要はないさ」カーリーは言った。「誰もあんたのせいにはしないさ。面倒なことになったら、おれたちとあのご婦人が何が起きたのかありのままを保安官に話してやるよ」

「その点については、少し考えてみる必要がある。若干の問題がなくもない」

ロードはけだるげに目をこすり、樫の木立ちに覆われた斜面を見おろした。その一角に、長方形の大きな石が並んでいるところがあった。建物の基礎らしく、その上に間柱が立てられている。

レッドが無言の質問に応えて言った。「マクブライドの家だ。赤ん坊が生まれたら、女房といっしょにそこに移り住むつもりだったらしい。町から離れたかったってことだろうな」

「女房は死んだと思っていたが」

「後妻だ。元々はマクブライドの被後見人だったらしい」レッドはくすっと笑った。「そんなふうに嫁をもらうのもひとつの手だな。自分で育てて娶《めと》るんだ」

ロードは目を伏せた。カーリーはレッドに顔をしかめてみせた。

「さっき言いかけてたことだけどな、トム。どうして……」

「つまりこういうことだ。マクブライドが死んだのはおれのせいだとしよう。あんたたちはおれの友達だ。そして、あんたたちはマクブライドに馘を切られた。としたら、どんな筋書きができる?」

「えぇっと……」カーリーが言った。「うん。なるほどそういうことか」

レッドは顔をしかめ、いらだたしげに頭を引っ掻いた。「つまり、おれたちの話にはなんの意味もないってことだな。考えてみると、たしかにそうだ」

「いや、意味はある。おれがやったという話なら、みんな一も二もなく信じるだろう。逆に、おれにはなんの罪もないと言っても、誰も信じてくれない」

「だったらどうすりゃいいんだ、トム」

「そうだな。それはあんたたちが同意してくれるかどうかによる。あんたたちに迷惑をかけたくはないんだが……」

ロードは自分の計画を説明した。ふたりは話が終わるのを待たずに同意した。ロードがふたりに頼んだのは、偽証してくれということではなく、こちらから頼むまで何も言わないでくれということだった。それがいちばんの安全策であるように思えた。レッドとカーリーはほかの作業員とともにハイランド社を解雇されている。だから、ほかの作業員と同じように解雇されたあとすぐにここから立ち去っていたとしてもおかしくはない。マクブライドが死んだということや、ロードがここにいたということを知らないとしても同様におかしくはない。明日には誰かがここにやってくる。それは資材の補給員かもしれないし、地質調査員かもしれない。あるいは、会社の巡回員かもしれない。その誰かが死体を見つけて、警察に通報すればいい。

レッドとカーリーはそれでうまくいくと請けあった。ロードはそんなに安心していなかったが、それでも自殺のように見えるのはまず間違いない。

「当然だろう。本当に自殺だったのかもしれないんだから」

三人はいっしょに坂をおり、そこで握手を交わした。ロードが車で走り去ると、レッドとカーリーは急いで倉庫のドアを修理して、ロードがそこにいた痕跡をすべて消し去った。


日没が近づくと、八月でも夕方の空気はひんやりしてくる。太陽が地平線のかなたに沈むと、涼しいというより、むしろ寒いくらいだ。ロードは車に幌をかけて、窓を閉めた。それから、重苦しい気分のままふたたび車を駆りはじめた。

試掘井をあとにしてから、ふたりはほとんど話をしていなかった。このときになって、ジョイスが急に話を聞かせてくれとしつこくせがみはじめたので、ロードはレッドとカーリーにどんな説明をし、どんな同意を得られたかを話してきかせた。

ジョイスは何度もうなずいた。それから、まったくうなずかなくなった。ロードのほうに身を乗りだすのもやめ、ほんの少し目を細めて、道路前方をじっと見据えている。その可愛らしい顔の線には、奇妙なしかつめらしさがある。ロードはそれをちらっと見て、悲しげに微笑み、手さぐりで葉巻を探した。だが、見つからなかったので、ポケットからマッチ棒を取りだし、それを口の端にくわえて、噛みはじめた。

「たしかにきみの意見は聞かなかった」ロードは言った。「聞く必要はないと思ったんだ。なんでもおれの言うとおりにしてくれると思っていたから」

「もちろんよ、トム。いつだってあなたの望むとおりにするつもりよ」

「それで？」

「わたしは——わたしは以前のわたしとちがうの。あなたと付きあいはじめてから、わたしは変わった」

「気づいてたよ。どうやって生計を立ててるんだろうとずっと気になっていた」

「ええ、正直言って楽じゃない。かつかつよ。でも、気にしてない。あんたのためなら、どんなことでもする。どんなことでも！　でも、ひょっとしたら……わかるかしら。わたしのような女は——わたしような過去を持つ女は……」

ロードは押し殺していた笑みを浮かべて、いたずらっぽくジョイスの太腿をぴしゃりと叩いた。「ほら。思いきって言っちゃえよ。そんなにしゃちこばることはない。それ以上ためこんだら、喉が詰まるぞ」

ジョイスは深く息を吸って、気持ちを落ち着かせた。「あのね。わたしたち、結婚したほうがいいんじゃないかと思うの。妻なら夫に不利な証言はできないでしょ」

ロードはうなずき、ものうげに言った。「妻にできないことは、もうひとつある」

「というと？」

「死んだら、証言できないってことだ」

5

アーロン・マクブライドの二人目の妻ドナは、十四人きょうだいの長子だった。十四人のうち五人はまだ生きている。母親は五十歳のときに十五人目を身ごもり、妊娠中に死亡した。父親はその直後に家庭を捨てて、〝真の福音〟なる宗教にのめりこんだ。幼い弟や妹たちは孤児院へ預けられた。そのときドナはどんな家事でもこなせるくらいに大きくなっていたし、マクブライドの妻の遠い親戚でもあったので、彼の家へ引き取られることになった。

ドナは自分の食い扶持分以上に働いた。当時まだ十三歳だったが、大人の女がする仕事は、夜の営み以外、たいていなんでもこなした。最初の数年は、そうだった。それ以降は夜の営みのほうもまかされるようになった。

ミセス・マクブライドは病弱で、夫を喜ばせることにはあまり興味がなかった。なぜそうなのかは自分でもよくわからないみたいだった。夫は甲斐性があるし、浮気性でもないし、妻に対してそんなに過大な要求をすることもない。たいていは油田にいる。だから、妻はフォートワースの自宅で何不自由なく快適に暮らせている。それでも、夫はどうしても我慢のできない存在であり、家に帰ってくるとぞっとし、出ていくのを見るたびに小躍りするのがつねだった。そのことは夫も知っていた。

ドナがやってくるまで、アーロン・マクブライドには本当の意味での家庭はなかった。ドナがそれを与えたのだ。ミセス・マクブライドは頬へのキスを受けいれ、一言二言あたりさわりのない言葉を交わしたあと、さっさと自分の部屋に引きあげてしまう。炊事も洗濯もすべてドナがやった。話し相手にもなった。どんなに長話になっても、いやな顔ひとつしなかった。よかれと思うことは、なんでもした。

尽くすことが喜びだった。いくら尽くしても尽くし足りないと思っていた。アーロン・マクブライドは自分が持ったことのない父親だった。強く、賢く、よき友でもあった。たとえ本当の娘でも、こんなに心細やかに気遣ってはもらえなかっただろう。

病院や歯の治療の費用もすべて出してくれた。学校にはほとんど行っていなかったが、家庭教師をつけてもらったおかげで、同い年の者より一年遅れただけで高校に入学することができた。ドナは働き者だったが、働きづめだったわけではない。勉強の時間をとることもできたし、世間並みに余暇を楽しむこともできた。ミセス・マクブライドが甘やかしすぎだと言ったり、そこまでしなくてもいいと注文をつけたときには、いつにない強い口調と態度でかばってくれた。だから、アーロン・マクブライドに親愛と感謝の念を抱くのは当然のことだった。受けた恩をどうやってかえしたらいいのかわからないくらいだった。

妻が亡くなって、恩返しの道が開けたように思えたとき、ドナはそのチャンスに飛びついた。

愛は？　愛はあったのか？　もちろん、あった。どうして愛さずにいられるだろう。どうしてほかの者を愛することができるだろう。年は二十五も離れていたが、そんなことは関係なかった。

ドナにとっては充分に若かったし、ドナは充分に大人だった。

結婚し、フォートワースで短い新婚生活を終えたあと、マクブライドは油田へ戻っていった。そのときは、新しい住まいが見つかり次第、そこに移り住むつもりで、フォートワースの家にいるのは一時的なものだと思っていた。でも、そろそろかなと思いかけた矢先に、しばらくは移れないと言われた。理由の説明はなかった。ドナも訊かなかった。何か理由があるはずだが、しかるべき時期が来たら話してくれるはずだから、それまで待つことに不満はなかった。

自分では正直であることを信条としているアーロン・マクブライドは、何もかもドナに話そうと思っていた。トム・ロードに叩きのめされたことについても、そのせいで自分の内面がどう変わったかについても。ドナは自分の妻だ。ドナには知る権利がある。そして、ドナにはわかってもらいたい。自分がやったことは間違っていない、間違っているのはロードのほうだということを。だが、その内向的な性格ゆえに、どうしてもあけっぴろげに切りだすことができない。そのために必要な言葉も見つからない。一見したところ、話は単純だ。仕事上のいきちがいから暴力沙汰になったというだけのことにすぎない。だが、それは心のなかに大きな混乱を引き起こしていて、そのことを言葉にすることができないのだ。心のダメージは身体のそれと同じくらい大きい。

ある日、少しのあいだ自宅に戻ったとき、遠まわしにその話を持ちだした。みずからは公平中立を装い、悪いのはロードで、夫は少しも悪くないという結論をドナに導きださせようとしたのだ。

いわく、根はいいやつだ。悪く言う者はひとりもいない。本当なら、もっと恵まれた人生を送ってもいいはずだ。が、そうは言っても、自分の人生の責任は自分でとるしかない。ちがうか。それができないからといって、他人が尻拭いをする義務があるだろうか。そんなことをしても、一文の得にもならないというのに。

ドナは思案顔になって、額に皺を寄せた。「うーん。そうねえ。そんなことをする義務はないと思うわ。自分のことは自分で、とパパはいつも言ってた」背後から太陽が昇ったみたいに、顔が急に明るくなった。「でも、よかった。あなたがそんなふうに思うひとじゃなくて。そうじゃなかったら、わたしは今頃どうなっていたかわからない」

マクブライドは戸惑い顔で言った。それとこれとは話がちがう。ドナに対しては義務があった。ドナは子供であり、妻の親戚だった。

「そうじゃない。あなただからそうしてくれたのよ。あなたはミスター・ロードやほかのひとにも同じように優しく親切にしてあげてるんでしょ」夫の顔がかすかに歪んだのに気づいて、ドナは口ごもった。「あなたは——あなたはミスター・ロードが好きなんでしょ。あなたからもらった手紙のなかに、とても友好的と書いてあったのを覚えてるわ」

「そうだった。まえはそうだった」妻の目に不審の表情が浮かんだのを見て、マクブライドはあわてて熱く強い口調で付け加えた。「たしかにとても好意的だった。あれほど感じのいい男はいなかったよ。すべての点で意見が一致していたとは言えないが——」

「あら、そうなの?」夫が過去形で話していることには気づいていないみたいだった。「でも、嫌いじゃないんでしょ。いまも仲よくしてるんでしょ」

「あたりまえじゃないか。ロードは好人物だ。わたしがわざと他人に敵対するようなことをすると思うのかい」

「わかるけど、ただちょっと——」

「いいかい、ドナ」マクブライドはまわりくどい嘘をついたことに居心地の悪さを感じたが、こうなったからには嘘に嘘を重ねるしかなかった。「ロードには、個人的な好き嫌いは抜きにしても、全幅の信頼を寄せている。気にいらないところがあるとしたら、正直すぎることくらいだよ」

「よかった。そういう友人って絶対に必要よね」

ふたりがトム・ロードについて話したのは、それが最後だった。マクブライドは本当のことを話したかったが、どうしても切りだせなかった。本当のことを話せば、ドナを傷つけたり心配させたりするのではないかという不安もあったし、自分の株をさげることになるのではないかという恐れもあった。

結局、トム・ロードは良き友人でもなんでもないと妻に告げるまえに、アーロン・マクブライドは死んだ。


珍しく朝のシャワーを浴び、糊のきいた制服を着て、その日四杯目のコーヒーを飲んでから、看護婦は外科病棟4-Bの病室まで廊下を歩いていった。病室の前で少し立ちどまり、気合をいれ、それからそっとドアをあける。髪に白いものが目立つ年配の女性で、口調ははきはきしていて、その物腰には威厳がある。気むずかしくて、わがままな患者にも慣れていて、どう扱えばいいかよく心得ている。けれども、このときは巡回予定の時間よりずいぶん遅れていた。4－Bへ行くのはなんとなく気が重かった。そこの患者は、看護婦が何をどうすればいちばんいいかを知っているとも、看護婦の言うことは素直にきくべきだとも思っていない。というより、それとは正反対の考えを持っているといったほうがいい。

この三日間、その患者はみんなをくたくたに疲れさせていた。幸いなことにこのときは眠っていたので、思わず安堵のため息が漏れた。そっとベッドに近づき、シーツをめくると、短い手術衣がずりあがっていて、剃毛した股間と、帝王切開のあとが残る下腹部があらわになった。包帯の交換はもう少しあとでもかまわないが、どうせならいますませておいたほうがいいかもしれない。心を決めかねているうちに、患者のほうがそれを決めてしまった。両手でシーツをつかみ、引っぱりあげて言った。「あとでいいわ。それよりここに電話を持ってきてちょうだい」

やれやれ。勝手なことばかり。よくそんな生意気な口がきけるものね。看護婦はむっとして、棘のある口調で言った。「ええ、わかりました。それより、ゆうべはよく眠れましたか。今朝、お通じはありましたか」

「そんなことどうだっていいと思うけど、答えは両方ともイエスよ。ねえ。お願いだから電話を持ってきて」

「もう何度もかけたでしょ。でも、無駄骨だった。何度繰りかえしても同じことよ。いらいらが募るばかりで——」

「わかってる。目的を果たすまで、いらいらしつづけるつもりよ」

お手あげといった感じで見ているうちに、煩わしいと思う気持ちは徐々に消え、かわりに愛しさと憐れみの感情が湧いてきた。そう。この娘《こ》はまだ子供なのだ。利口そうで、邪気のない目。固く引き結ばれた小さな口。大人の女のように振るまい、色っぽさも人並み以上にあるけど、年齢からしても経験からしても、まだまだ子供だ。歯に衣着せぬ物言いにも、繊細さを欠く物腰にも、子供っぽさがつねに見え隠れしている。

「かわいそうに。本当にかわいそうに」看護婦は優しく言った。「わかってもらえるかしら。わたしたちがあなたのことをどんなに気の毒に思っているか」

「気の毒になんて思ってほしくない。必要なのは電話よ」

「ご主人と赤ちゃんを一週間もたたないうちに次々に亡くすなんて。こんなに若いのに。でも……受けいれるしかない。わかるわね。諦めるしかないのよ。神さまのおぼしめしで天に召されたのだから——」

「神さまのおぼしめしじゃない。ほかの誰かのせいよ。それが誰か、わたしはかならず見つけだす。そして、その誰かに後悔させてやる」ドナ・マクブライドは言って、ベッドから身体を起こしかけた。「だから、いますぐ電話を持ってきてちょうだい。でなきゃ、わたしが自分で取りにいく!」

看護婦はもう抗わなかった。少々はめをはずしぎみに、数年ぶりの速さで電話を取りにいった。

6

その家はビッグ・サンドの町はずれの樫の木立ちの奥にある。青と白の瀟洒なコテージで、裏手には差しかけ屋根のガレージがあり、広い敷地のまわりには白い木の柵がめぐらされている。窓のまわりには耐乾性のツタが生い茂り、蔓を屋根やひさしの上までのばしている。ゲートから玄関前の階段までは、砕いた砂岩を敷きつめた歩道がのびていて、土が見えているところにはやはり耐乾性の芝草が生えている。

もともとは牧師館だった。隣にあった教会は巨大な竜巻に呑みこまれ、粉々になって、百マイル以上先まで飛ばされたが、牧師館のほうは奇跡的に被害を免れた。教会は信徒たちの縁起かつぎもあって、もう少し町に近いところに建てなおされた。牧師館のほうは元のままの姿で残ったが、因縁めいたものがあるのではないかと恐れられて、長いこと誰も住まない空き家状態が続いた。

もちろん、石油ブームが来ると、住宅不足になったので、そこにも借り手がつくようになった。だが、長期貸しではなく、掘削地の広がりとともに、みな遠くへ引っ越したり、もっと石油の出るところへ移ったりするので、借家人は数週間あるいは数カ月ごとに入れかわりつづけた。建物を所有している銀行にしてみれば、儲けより手間のほうがずっと大きい。新しい入居者のために掃除をしたり、割れた窓ガラスをかえたり、はずれたドアを元に戻したり……油田を渡り歩く借家人はかならず何かを壊していくので、家賃をいくらあげても、割りにあわない。できれば長期貸しのほうがいい。長く住み、家を大事に使ってくれる者なら誰でもいい。たとえば、ジョイス・レイクウッドとか。

当然ながら、借家人の収入源を問うような無作法な真似はしなかった。ダラスやフォートワースやヒューストンのような非文明の地なら、下劣なあてこすりの言葉とともにそういう質問がなされただろうが、ここではそんなことはない。信用のおける人物ならそれでいい。職業はおおよそ察しがついたが、それはあくまで一身上の問題だ。

どの町も少なくともひとりは〝路上の天使〟を必要としている。その必要性は、賭博場や酒の密造者に匹敵する。法執行官の義務は、売春を禁じることではなく、規制をかけることだ。

そんなわけで、ジョイスはビッグ・サンドの元牧師館に住むことになったが、町いちばんの堅物(町民の意見では狂信者)以外に反対する者は誰もいなかった。法執行官つまりトム・ロードもそこを訪ねた。だが、それは日常業務のひとつにすぎなかった。ただすべきことをして、不文律を確認しただけだった。

ロードはとても礼儀正しかった。それでも警官は警官だ。そして、ジョイスの考えるところによれば、警官はみな同じだ。手をのばすか、引っこめるか。つまり殴るか、何かを盗るか。両方であることも多い。

だから、ジョイスも礼儀正しくした。けれども、心からのものではなく、面倒なことにならないための必要最小限の礼儀だった。質問にはてきぱきと、だが冷ややかに答えた。

いいえ、重罪の判決を受けたことも、逮捕されたこともないわ。軽罪ならあるけど。住所不定でふらふらしていたとか、悪党と付きあってたとか、客引きとか、そういうの。でも、重罪はない。ええ、調べようと思ったら調べられることは知ってるわ。むしろ調べてもらったほうが気が楽かも。

ええ、健康状態はすこぶる良好よ。充分に気をつかってるから。自分のためにね。男のためじゃなく。

形式的な質問だけで、時間はいくらもかからなかった。だが、ロードはすぐには帰らず、じっとジョイスを見つめていた。緩やかな弧を描く眉の下の目は、涼しいユーモアをたたえている。

「わかるよ。こういうのって、あまりいい気分じゃないだろ。おれだって好きでやってるわけじゃない」

「だいじょうぶよ。慣れてるから」

「本当に？　慣れるのも大変だろ」ロードは椅子から立ちあがり、うまく折りあいをつけていこうと言った。「また来てもいいかな」

ジョイスは肩をすくめた。「駄目とは言えないでしょ。いつでもどうぞ。お金はとらないわ」

ロードは鋭い一瞥をジョイスにくれた。それから、そっけなくうなずいて、家を出ていった。

何がよくなかったのかわからないが、ドジを踏んだのは間違いない。警官に悪い印象を持たせるのはひじょうにまずい。だから、三日間やきもきしたあと、ロードがふたたび訪ねてきたときには、たっぷり愛想を振りまいた。

「もちろんだいじょうぶよ、ミスター・ロード。急だなんて、ぜーんぜん。さあ、入ってちょうだい」

ロードは出かけようと言った。「どこかで一杯ひっかけてから、メシでも食わないか。腹がへってるんだ」

「メシって……わたしは――わたしはてっきり……」ジョイスは自制して、それ以上は言わなかった。「いいわよ、ミスター・ロード。わたしもなんだかお腹がすいたみたい」

町のしゃれた新しいホテルで食事をとって少し飲んだら客室へ直行ということになるのだろう、とジョイスは思っていた。だが、実際は町の外へドライブに行っただけで、何もせずに自宅の玄関先まで送り届けてくれた。寄っていかないかという誘いは丁寧に断わった。

「もう遅い。おかしな噂が立つといけない。小さな町だからね」

ロードは帽子を軽くあげて、立ち去った。ジョイスは戸惑い、かつて感じたことのない胸の高まりを覚えた。翌週から、ふたりはほとんど毎日会うようになった。

ロードの家で夕食をつくってもらって、ハイファイ装置でオペラのレコードを聴きながら食べたり。眺めのいいところへピクニックに行ったり。遠く離れた隣町までドライブをしたり。何をしようと、どこへ行こうと、ロードのお行儀のよさは変わらなかった。しばらくすると、キスをしたり、抱きしめたりするようになったが、ジョイスが馴染んでいるようなやり方ではなかった。

そこには、得るのと同じように与えようとする気持ちがあった。強引に奪いとるのではなく、何かをふたりで共有するという感じだった。

関心がないのかと、ためらいながら訊いたことがある。もしかしたら身体機能の一部に問題があるの?

ロードは穏やかに笑った。「そんなんじゃないさ、ハニー。たぶん、そのうち証明してみせるよ。なんの見返りも――ほとんどなんの見返りも期待せずに得られるものには大きな価値がある。それに……」

「なんなの、トム?」

「きみには何かが必要だと思う。いままで持ってなかった何か、持ってたとすれば、あまりにも昔のことだから忘れてしまった何か。それをきみにあげることは、自分自身のためにもなる」

そして、やっとこさ一線を越えたとき、それはジョイスにとって新しい経験となった。まるで初体験のようで、これまで数えきれないほどしてきたこととは思えなかった。花嫁の気分だった。ひとりの人間が死に、新しく生まれ変わったような気がした。

そして、奇妙なことに、恍惚のひとときが過ぎると、悲しくなった。満たされない思いが残った。ロードは与えたものを、いつでもすぐに取りあげることができる。それが許せなかった。考えるだけで、耐えられないほどつらかった。

ロードとの関係をたしかなものにし、逃げられないようにしなければならない。そうするためには——そんなことはできないだろうけど、手立てはひとつしかない。

とりあえず、ほのめかしから始めた。でも、ほのめかしではわかってもらえなかった。それで、はっきりそう言うと、やんわりいなされた。仕方がないから、懇願したり、せがんだり、脅したりした。それに対するロードの反応は、思いやり深かったこともあれば、いやみたっぷりだったり、ぶっきら棒だったりといったこともあった。

いまあらためて考えてみると、ロードの反応の仕方はいつも同じだった。こちらが優しく出ると、同じように、あるいはそれ以上に優しくしてくれる。こちらが強く出たら、同じように、あるいはそれ以上に強く押しかえす。けれども、こっちには手に入れたいものがあるから、それがほしくてたまらないから、一歩引いて見ることはできなかった。自分が無理強いしていると考えることはできなかった。今夜までは。マクブライドが死んだこの日の夜までは。

自宅の前で車がとまると、ジョイスは言った。「トム、あなたが思っているようなことじゃないのよ。そう聞こえたかもしれないけど。あなたを困らせるようなことは絶対にしないから」

「それはよかった。だったら、何も心配することはないってわけだな」

「ねえ、よかったら寄っていかない。いいでしょ。夕食をつくるから」

「やめとくよ。いまはあんまり腹がへってないんだ」

ジョイスは不安そうな目をして、おずおずとロードの腕に手をかけた。「じゃ、あとで戻ってきて。お願い、トム。なにも無理強いするつもりはないのよ。そんなふうに思われるのは、ほんと、たまんない。お願いだから、戻ってくると言ってちょうだい」

ロードはシャツのポケットを探って、顔をしかめ、いらだたしげに指でハンドルを叩きながら、葉巻がないと頭がどうにかなりそうだと言った。

「取ってくるわ、トム。家にほぼ丸々一箱あるの。すぐに——」

ジョイスはいさんで車のドアに手をのばした。ロードは手を振って制した。

「しなきゃならないことがあるんだ。どれくらいかかるかわからないし、そのあとってことになると、あまり虫の居所がよくないかもしれない。でも、本当に戻ってきてほしいんだったら……」

「もちろん。もちろんよ!」ジョイスは優しくキスをし、それからまた車のドアに手をのばした。

「あのね、トム、戻ってきたときには、車を裏にとめたほうがいいと思うの。ゆっくりしていってくれるんでしょ。いいでしょ。お願い。どっちにしても、人目があるので、家の前にとめておくのはまずいわ」

ロードは心のなかで苦笑しながら、まじめな顔で同意した。そして、ジョイスが車から降りるのを手伝い、走り去った。

元々ビッグ・サンドの町は、埃っぽい大通りとそのはずれに建てられた郡庁舎があるだけだった。町でいちばん大きな建物は、食料品、肉、紳士婦人服、金物、家具などを売っていて、ついでに葬儀屋もやっていた、正面だけ見栄えのするよう取り繕った何でも屋で、町にある娯楽施設といえば、ビリヤード場だけだった。だが、石油ブームの到来とともに、大通りは一マイル近くまでのび、いまでは十四階建てのホテルや、砂岩と花崗岩づくりの威風堂々とした銀行もある。とはいえ、町の基本的な性質はほとんどの点で以前とそんなに変わっていない。永遠に残りそうに思えるのは、古い建物が蝟集する、むさくるしい町の中心部だけだ。ほかの建物は幽霊のようなものといっていい。急ごしらえの商店も、安キャバレーや酒場も、コテージも……そして、そう、くだんの大型ホテルや銀行も、頼りなげに宙に浮かんでいて、風に運ばれてきたから、いつかはまた風に運ばれていくという印象を与えている。

悲しい気分で——なぜなのかは自分でもよくわからなかったが、ロードはかつての町の様子を頭に思い浮かべ、いずれはまたそのような状態になるだろうと予言者のように確信した。数年、もって数十年だろう。石油が魔力を失い、町が元に戻るのは時間の問題だ。何もない田舎町。ただの大きな砂地《ビッグ・サンド》。

数年前、荒れ地を横切り、ペーコス川の浅瀬を渡り、対岸に繁茂する木立ちや茂みのあいだを縫いながら進んで、アイラーンの町へ行ったことがある。町の中央には舗装された広場があり、贅沢なつくりのオフィスビルが立ち並んでいた。映画館のタイル張りのロビーには、美しく彫刻された噴水がしつらえられていた。だが、いまは干上がり、サソリやムカデの巣になっている。住民はいない。町にひとがいなくなって久しく、アイラーンの出身者でもその名前を覚えている者はもういくらもいない。

ビッグ・サンドの大通りには、ロングブーツに泥だらけの帽子という格好の男たちがあふれ、大きな二十二輪トラックが列をなして走っている。ロードは何食わぬ顔でゆっくり車を運転しているが、その目と耳の感覚は、通りの人だかりや自動ピアノやグラスが鳴る音のなかにトラブルの気配を察知するために、鋭く研ぎ澄まされている。

町や郡の重鎮たちに、石油ブームがもたらした悪徳を駆逐する気はない。コントロールできさえすればそれでいいと思っている。酒をやめられない者がいるのと同様、ギャンブルや娼館がよいをやめられない者も当然ながらいる。自分以外の者を傷つけないかぎり、そこにどんな問題があるというのか。

他人にとって問題がないなら、自分にとっても問題はない。誰にだって馬鹿な真似をする権利はある。

「かくのごとく栄光は過ぎ去りぬ《シク・トランシット・グロリア》」ロードは心のなかでつぶやきながら郡庁舎の前の歩道わきに車をとめた。「食べて、飲んで、楽しめ。なぜなら明日は……」

車から降りて、建物のなかに入る。

階段をあがり、二階のリノリウム張りの床の暗い廊下を保安官の部屋へ向かう。明かりがついている。戸口で立ちどまり、ステットソン帽を額の上にあげる。

そして言う。「お話ししなければならないことがあります。話すべきかどうか迷ったんですが、やはり話したほうがいいと思いまして。つい先ほどひとを殺したかも……」

7

ビッグ・サンドの町に石油ブームがやってくるまえとあとで、デイヴ・ブラッドリー保安官はすっかりひとが変わってしまった。より正確に言えば、時と環境によって変えられてしまった。変化に気づいた当初は、それを嫌って抗おうとした。職務上の責任が増え、一介の警察官が町の重要人物のようになるのはいやだった。年をとり、わけもなく無愛想になり、気むずかしくなり、疑い深くなるのもいやだった。もちろん、老いをとめることはできない。だが、隠居するつもりはない。

折りにふれて退官をほのめかし、この仕事をするには自分はもう年だ、もっと若い者にかわってもらわなければならないと言うことはある。だが、友人や部下たちはそれに同意するほど愚かではない。そんなことをしたら、すぐに後悔させられることになる。ブラッドリーがほしいのは太鼓判であって、同意ではない。まだまだ若い、むしろ働きざかりだと言ってほしいのだ。そして、みんなそう言う。

ブラッドリーは保安官の選挙に立候補しつづけた。そして、対抗馬がいないので当選しつづけた。まあ、それでいいではないか。どんなさしさわりがあるというのか。御大はそれでご満悦だし、トム・ロードはその下で働くことになんの抵抗もない。これまで何年もそうしてきたし、もう少しこのままでもなんの問題もない。

だがあるとき、ブラッドリーは聞き捨てならない話を耳にした。現在の事実上の保安官は、自分ではなく、トム・ロードだというのだ。最初は傷つき、次に怒り、そして疑い、それを態度で示した。

何かを命じたときには、いつもどうしてそんなことをするのかとなじったり、言われたとおりにやっていないと難癖をつけたりした。最近ちょっとばかり図に乗りすぎてるんじゃないか。自分の能力を吹聴してまわっているようだな。いいか、きみは言われたことだけしていればいいんだ。それ以外は何もするな。

ときには――たとえばこの日とかのように、文字どおりオフィスから追いだして、なんの仕事もさせないこともあった。机の上に積まれた書類のことは気にしなくていい。忙しいことはわかっている。でも、生意気な若造の助けはいらん。きみに求められているのは、わしの邪魔をしないことだ。どこでもいいから、どこかへ行って、時間をつぶしてこい。

ロードはそんないやがらせを黙って受けいれた。その裏にあるものを知っていたし、これまで何かと世話になったことでブラッドリーに恩を感じていたからだ。だが、受けいれはしても、いい気はしなかった。自分自身も問題をかかえている。ある意味でブラッドリーがかかえているのと同じ問題――つまり年をとることだ。この老人がたじろいでいる虚無に向かって、自分もまっすぐ突き進んでいるのだ。けれども、ブラッドリーにはそこらへんのことがわからない。ロードの気持ちを思いやったりはしない。自分を理解してほしいと要求したり期待したりする者の多くがそうであるように、相手を理解しようとすることはまずもってない。

だが、今夜だけはどうしても理解してもらわなければならない。

「本当なんです、デイヴ」ブラッドリーが話を聞いていなかったようなので、ロードは一言一言ゆっくり言った。「アーロン・マクブライドを殺したかもしれないんです」

ブラッドリーはやはり上の空で文句を垂れはじめた。そんなことは言い訳にならん。丸一日どこで油を売っていたのか知らんが、言い訳など聞きたくない。「そんなことは勤務時間外にやれ。なんのために郡は高い給料を……アーロン・マクブライドを殺した?」声は上ずり、顎は落ちている。「なんでそんなことをしたんだ」

「不可抗力だったんです。実際のところ、本当に殺したかどうかわからない」ロードは言って、ことの成りゆきを説明した。「もちろん、ぼくがあそこへ行っていなければ、こんなことにはなってなかったでしょう。でも――」

「でも、手を出さずにはいられなかった。喧嘩を売りたくて仕方がなかった。それで、イチャモンをつけたんだな」

「そうじゃなくて、デイヴ……」ロードは言いかけたが、声は尻すぼまりになって消えた。いや、やはりそうなんじゃないのか。自分はわざと車のスプリングを壊したんじゃないのか。

ブラッドリーは容赦なく追い討ちをかけた。「どうなんだ。そうじゃないと言うのか」

「さあ。そうじゃないかもしれないし、そうかもしれない。そうじゃないと思うけど、その可能性はあります」

「それで殺したんだな。本当ならここで仕事をしてなきゃいけなかったのに、ふらりと出ていって、マクブライドを殺したんだな」

「待ってください、デイヴ。いま言ったように……」ロードはそこでなんとか口をつぐみ、うんざりしたように肩をすくめた。「そうかもしれない。たしかに殺したのかもしれない」

ブラッドリーはロードをにらみつけ、怒りに唇を震わせながら言った。「きみには分別というものがないのか、トム。ひとを叩きのめすのと殺すのが同じだと思っているのか」

ロードは首を振り、もちろん違いはわかっていると答えた。「殺しとなったら、誰も見逃しちゃくれない。たとえマクブライドが嫌いだったとしても」

「あたりまえだ！　裁判は郡外で行なわれ、有罪判決がおりるのは間違いない。やれやれ。本当になんてことをしでかしたんだ！　目撃者が何人いようが、そんなことは関係ない。そのうちのひとりでも旋毛《つむじ》を曲げて、きみがやったと言ったら、それでおしまいだ」

一瞬の間のあと、ロードは言った。「そんなことにはなりませんよ。ぼくがマクブライドのそばにいたことを誰かが知っている必要はありません」

「はあ？　どういうことだ」

ロードは説明した。

ブラッドリーはほっとしたような表情になったが、その顔はすぐに曇った。「困ったもんだ。

わしには果たさなきゃならない義務がある。きみはその義務を果たすなと言ってるわけだ」

「はあ？　それはどういう意味なんです」ロードの目には当惑の色があった。しばらくして腑に落ちると、その目には暗い翳が宿った。「本気でそんなふうに思ってるんですか。ぼくがあなたに枷《かせ》をかけようとしていると思ってるんですか。ぼくが正直でも公平でもないと思っているんですか」

ブラッドリーは睨みつけただけで、質問に答えるのは避けた。「いつのまにか厄介な男になってしまったな、トム。こうなることは最初からわかっていた。だから、注意もしたが、無駄だったようだ。きみは自分のほうが賢いと思って、わしの言うことを聞こうとはしなかった。それでとうとう──」

「とうとう過ってひとを死なせた。もしかしたら殺したのかもしれない。ぼくが首をくくられるのを見たいんだったら、いいですよ。さあ、どうぞ」

ロードは両手をさしだした。ブラッドリーは舌打ちし、腹立たしげにその手をひっぱたいた。

「それがきみの悪いところだ、トム。誰の言うことも聞こうとしない。きみにはもう何も言えん」

「けっこう言ったと思いますがね。これでようやく決心がつきました。もう耳に栓をすることはできません。引き際はわきまえているつもりです」

ロードは椅子から立ちあがり、シャツからバッジをむしりとった。そして、それを保安官の机の上に放り投げると、振り向いて、ドアのほうへ歩きだした。

「おい、トム。待て。待てったら」ブラッドリーはよろよろと立ちあがった。「わかってるはずだ、トム。今日は、わし、ひどくくたびれていてな、何をどうしたらいいかよくわからないんだよ。きみは誤解を——」

ロードは肩ごしにきっぱりと言った。誤解ではない。何をどうしたらいいか充分すぎるほどよくわかっているはずだ。

ブラッドリーは哀れっぽく弁解しながら、ロードのあとを数歩追いかけた。だが、ロードは返事もしないし、足をとめもしない。それで、弁解の言葉は急に途切れ、甲高い怒声に変わった。

「よーくわかった、トム・ロード！　この意地っぱりが！　意地を張りたきゃ好きなだけ張ればいい。だが、言っておくぞ。きみは——おい、聞いてるのか、トム！」

ロードはドアの外で立ちどまった。「なんです？　聞いていますよ」

「きみは少しばかり道を踏みはずした。見ていろよ。マクブライドのことで何かわかったら、どうなるか。かばいだてはしない。即逮捕だ。吠え面かくんじゃないぞ」

机に引きかえすと、デイヴ・ブラッドリーは元の老人に戻った。椅子にすわり、顔をしかめて、ぶつくさ独り言をつぶやいているうちに、皺くちゃの口がすぼみ、目が潤みはじめた。そして、ついには両手で顔を覆い、しゃくりあげはじめた。

一方、町の中心地近くでは、トム・ロードがウィスキーの小瓶を詰めた大きな買い物袋をふたつ持って、酒屋から出てきたところだった。

車に戻ると、袋から一本のボトルを取りだし、栓をあけて、ラッパ飲みしはじめた。口から酒があふれ出て、シャツにかかるようになるまで飲むと、栓をして、その様子を道端でにやにやしながら見ていた男たちに投げてやり、ジョイスの家へ車を走らせた。

ジョイスは正面のゲートが開く音を聞いて、ロードがやってきたことを知った。大急ぎで家から出てくると、ロードを車から引っぱりおろし、自分が運転席にすわった。

「なかに入っててちょうだい。車はわたしが――だいじょうぶ？　歩ける？」

ロードは真面目くさった顔で軽口を叩いた。もちろん歩ける。なんなら走っていってもいい。そしてまっすぐ庭を横切っていった。

ジョイスが車を裏へまわし、ガレージのドアに鍵をかけたとき、ロードはもう台所にいて、ウィスキーの栓を次々にあけていた。

「あらまあ、トムったら！」ジョイスは言って、ボトルに栓をしていった。「どうしてこんなことをするの？　一杯や二杯ならいいけど――トム、やめなさいってば！」

ロードは閉めた栓をまたあけていき、そのたびにボトルからラッパ飲みした。ジョイスがとめようとすると、てのひらをいきなり前へ突きだした。ジョイスは突き飛ばされ、壁にいやな音を立ててぶつかった。

その衝撃で息が詰まり、吐き気とめまいがした。身体を支えるために椅子の背をつかむと、ロードはボトルを置いて、ジョイスをそっと椅子にすわらせた。

そして、ついさっきまで向かいあっていたシンクを睨みつけながら言った。「あいつがあんなことをしなきゃよかったんだ。あいつはどうしても好きになれない」

「あいつ？　あいつって誰のこと？」

「すんだことだ」ロードは満足そうに言った。「あのとき、きみが手を出していなかったら、あんなことにはならなかったはずだ。もちろんきみを責めるつもりはない。わかるな。街の女に草原の火事のことを知るすべはない」

ロードはまた酒を大きく一飲みし、口のなかでまわした。それからさらに一飲みすると、しかつめらしくジョイスにうなずきかけた。

「草原火災が発生すると、その前の土地に火を放って、そこを焼き払うんだ。焼くものがなければ、火は燃え尽きる。わかるな」

「もちろんよ、トム。よくわかる。でも、そんなことより――」

「この原理は大雨にも当てはまる。火のかわりに水だ。災害でも惨事でも、防御法は変わらない。火には火を。水には水を。そして――そして――」ロードはしゃっくりをして、だるそうに目をこすった。「これはそんなに簡単な問題じゃない。十個の基本単語で説明するのは不可能だ。でも、意味はわかるな、ジョイス」

ジョイスはよくわかると口だけで答え、あと先の考えもなく余計な手出しをして悪かったと言った。

「好きなだけ飲んでちょうだい。足りなかったら、買ってくるから。居間へ行きましょ。あっちのほうがくつろげるわ」

「じゃ、そこで話そう。老いの秘密がいままさに解きあかされようとしている」

「そうね。そのとおりよ、トム。さあ、お酒を持って居間に行きましょ」

ジョイスはロードを居間に連れていき、肘かけ椅子にすわらせて、新しいウィスキーのボトルを手に持たせた。そして、ロードが戯言《たわごと》を口走ったり飲んだりしているあいだに、その前に膝をついて、シャツの襟のボタンをはずし、ベルトを緩め、滑稽なほど小さい特注のブーツを脱がせた。まえにも一度、ロードが浴びるように酒を飲むところに立ちあったことがある。掘削地の契約が詐欺である疑いが濃厚になり、事実上否定できなくなった日のことだった。そのときは丸一週間飲みつづけた。それでも、今夜のような振るまいはしなかった。さっきは本当に怖かった。その数分のあいだは、いつもの大らかで冗談好きなトム・ロードではなく、おっかないまったくの別人を相手にしているみたいだった。

でも、もうよくなったようだ。少なくとも怖くはないし、まったくの別人でもない。ただ、しゃべっていることは大真面目な口調のわりには要領を得ない。それでも、別人らしさは少しずつ消え、いつものトム・ロードに戻っていく。

「……いいことを教えてやろう、ジョイス。世論や習慣がどうであれ、ひとを批判してもいいときなんてない。同様に、部下をひどい目にあわせたり、自然法を犯したりしていいときもない。わかるな、ジョイス。きみみたいな偉大な思索家にとっちゃ、それくらいはなんてこともあるまい。どんな映画スターの朝食のメニューも知ってるくらいなんだから」

「いやね、トムったら」ジョイスは優しく笑った。「そこまで言わなくったっていいでしょ」

「意味論と慣習の問題だ。それは日に日に変化する。でも、永劫不変の真実や慣習というものはある。誰がなんと言おうと、それはそういうことなんだ。名づけて、ロードの法則。強風によって撒き散らされる屁のようなものだ」

ジョイスは鼻で笑い、ロードはたしなめるように指を振った。

「老いることの悲劇というものを考えてみるがいい。どんなモノもどんな人間も完全に壊れることはない。ただ新しい姿かたちに変わるだけだ。たとえば、おれを例にとってみよう。おれが壊れてるかどうかと言うなら、答えはイエスであり、ノーでもある。あるいは、ノーであり、イエスでもある。どういう意味かわかるな。おれは自分の経験にもとづいて話してるんだ……おれは……おれは……」目がどんよりと淀み、ロードはまわりをいらだたしげに見まわした。「どこだ？　ボトルはどこにある？」

「ここよ。ここにあるわ、ハニー」

ジョイスは新しいボトルをロードの手に握らせた。

ロードはぐびぐび飲んだ。それで目から淀みが消えた。

「自分が何を話してるかはわかってるさ。土砂降りの雨がおれの頭の上に落ちてきたんだ。牛の糞が平たい岩の上に落ちるみたいに。としたら、いつまでもその場でじっとしているわけにはいかないじゃないか。上等の靴を汚さないように、そこから足をどけなきゃならない。重力の法則への挑戦だ。それでほかの場所へジャンプして、なんとか落ち着いたと思ったら、そこへまた大雨が降ってきて、またジャンプしなきゃならなくなった。そこへまた大雨で、それから――それから――」手で顔をこすり、額をゆっくり揉みながら、「学校でよく言われたよ。聞こえないってことは、音がないってことじゃないってね。視覚についても同じことが言える。みんなに見えないからといって、それがそこにないってことにはならない。そこにあるように見えなくても、あるものはある。車が急に近づいてくるのが見えなくても、轢かれないということにはならない。きちんと見えていないというだけのことだ。ばかばかしい」げっぷをして、「あまりにもばかばかしすぎる。そんなことできるわけがない」

「そんなことって?」

「えっ、なんだって?」

「何ができるわけがないの?」

「頭を撫でながら、同時に腹をさすることだよ」

別人がすっかり消えて、完全に元に戻ったようだ。もちろん酔ってはいるが、いつものトム・ロードだ。

ロードは困ったというより楽しそうな顔をして、冗談半分の口調で、ブラッドリーとのやりとりとバッジを突きかえしたことを話して聞かせた。

「バカな老いぼれ！」ジョイスは調子をあわせて怒ってみせた。「なんにも気にすることはないわ。あんなろくでもない仕事、辞めたほうがよかったのよ」

「辞めてどうすりゃいい」

ジョイスは聞いていないみたいだった。「そうだ。ここから出ていこうよ。どこかステキなところへ行こうよ。フロリダとか、カリフォルニアとか」

「きみのヒモになるってことかい？　なるほど。それはいい考えかもな。経験はないが、やってできないことはないと思う」

「やめて、トム。おちゃらかさないで」

「でなければ、きみがおれのヒモになってもいい。おれが春をひさぐんだ」ロードはやめてくれと頼む声を無視して話を続けた。「うん。それがいい。おれは髪にパーマをかけて、黒いシルクの下着をつける。きみは客引きだ。コンベンションの会場になっているホテルのロビーや高級バーをうろつき、それらしいマダムを見つけて声をかけるんだ」片手を口のわきに持っていって、思わせぶりなウィンクをして見せる。「夜とぎのお相手はいかが？　ブルネットのいい男がいるのよ。精力抜群でしてね」

ジョイスは膨れっ面になり、無意識のうちに口をひん曲げて言った。ちっとも面白くないし、酔っているからといって、そんな話をしてもいいってことにはならない。「わたしは本気なのよ、トム。あなたのためなら、なんだって、どんなことだってするつもり。でも――でも――」そこで口ごもり、喉を鳴らし、それからとつぜん大笑いしだした。床に膝をついたまま身体を前後に揺らし、両手でカーペットを叩いている。

ロードは与太話を続けた。「それで、きみはマダムをおれの部屋に連れてくる。おれは腰に手を当て、身体をくねらせ、身悶えしたりしながら跳ねまわる。すると、マダムの下着から湯気があがりはじめ――」

「ト、トム――アッハッハ――トム、やめてよ。でないとわたし――アッハッハ……」

ロードはにやっと笑って、話を打ち切った。ふたりはいっしょに床にすわり、ひとしきり抱きあったり、笑ったり、キスをしたり、いちゃつきあったりした。それから急に静かになった。聞こえるのは胸の鼓動と、息遣いの音と、台所のシンクに水が滴り落ちる音だけだ。唇を押しつけあったまま、ジョイスはランプのコードを足にかけて引っぱり、プラグを壁から抜いた。

酒びたりの日がどれくらい続いたのかわからないが、ある日、髪を短く刈りこんだ、ずんぐりむっくりの男がジョイス・レイクウッドを訪ねてきた。そのときは、いや、そのあともしばらくのあいだ、そんな男が本当にやってきたのかも、そもそも訪問者がいたのかも、はっきりとはわからなかった。そのとき見たものは充分に鮮明なのだが、その鮮明さは夢に似ている。暗い部屋にぱっと明るい光がつき、またぱっと消えて、そのあとに闇が一度も中断されたことがないように周囲に満ちるようなものだ。

たしか、それは夜のことだった。ロードは真っ暗な深淵から浮かびあがり、ゆっくりと意識を取り戻した。身体を動かすことができないので、仰向けに横たわったまま薄目をあけると、ジョイスがローブを羽織って、部屋のドアをそっとあけるのが見えた。戸口で一瞬立ちどまり、ロードの様子をうかがっている。しばらくして、酔いつぶれていると確信したらしく、黙って部屋を出て、静かにドアを閉めた。

ロードはそのドアを凝視し、頭のなかで、ジョイスがやったようにノブをまわした。ほかのことはすべて頭から追いだし、それに集中していると、なんとドアが開いた。ほんの一インチか二インチだが、たしかに開いた。

してやったりと思ったことを覚えている。不可能とされるどんなことでも、集中すればなしとげられると自分に言い聞かせたことも覚えている。考え、集中するだけでいいのだ。そうすれば、なんでも叶う。

どうしてもっと早く気がつかなかったのか。これからは――

そのとき、声が聞こえた。ジョイスが玄関で来訪者を渋々といった感じで招きいれていた。ロードは電気ショックに反応するような速さでベッドから出て、静かに部屋を横切り、居間を覗いた。

寝室は暗いが、ふたりは明かりの下にいて、親しげではないが、なにやらいわくありげにソファーに並んですわっていた。ふたりともドアのほうを向いているが、そこにわずかな隙間があることにはどちらも気づいていない。自分にはふたりの姿がはっきり見え、唇の動きまでわかる。だが、声はとても小さく、どんなに耳をすましても、途切れ途切れにしか聞こえない。

「……だいじょうぶだろうな……本当に酔いつぶれてるんだろうな」

「……いったい何が知りたいの?」

「それくらいわかってるはずだ。そのために金を払ったんだ」

「できるかぎりのことは……聞きだせることはすべて……」

「……まだ足りない……マクブライドの……何も気にすることは……どうもおかしい……多くの疑問が……」

「じゃ、あのひとがやったと……」

「……動機が……そんなことはどうでも……なんとかやつを犯人に……簡単じゃないことはわかって……するまでやめないからな」

「そんなことできるわけが……無理よ……わたしには……」

「それなら、やつを町から連れだせ。そして……には戻ってくりゃいい……町から連れだすか、でなきゃ、やつを犯人に……でないと、おれたちは……」

男は太い人差し指でジョイスの胸を強く突いた。ジョイスは顔をしかめ、唇を嚙んで、身体を後ろに引いた。

「どうだ……わかったか」

「え、ええ」

「頼んだぞ。おまえにとっちゃそれがいちばん……」

言葉があともう少し続いたが、それはまったく聞こえなかった。ふたりがソファーから立ちあがったので、ロードはドアをそっと閉め、ベッドにまた横たわった。

と、ほとんど同時に意識を失った。

8

ハイランド・オイル&ガス社（デラウェア州法人、所在地　テキサス州フォートワース）の社長兼事務長ジョージ・キャリントンは、病院の廊下に立って、看護婦が見舞いの品の十二本のバラとキャンディーの大箱を4‐Bの病室に持ってはいるのを見ていた。長身で、身なりは完璧。目もとは涼やかで、口もとにはつねに微笑が浮かんでいる。品がよく、有能そうで、自信たっぷりに見える。だが、どこか憂いを感じさせる。無言のうちに理解してほしいと訴えている。それが女たちを惹きつけてやまない。

それがジョージ・キャリントンの真の姿――少なくともいちばん真の姿に近いものだ。そのイギリス風の作法や話し方に比べたら、ほぼ千パーセント本物といっていい。キャリントンは理解されること（言いかえれば、同情）を必要としている。つねにそれを必要としている。相手は誰でもいい。とにかくそうされることを好み、ありがたがっている。何より嬉しいのは、逆説めいているが、決して理解してくれない者から理解してもらうことだ。当然ながら、その者からは理解を得ることはできないから、欲求不満と憂いはいつまでたっても消えない。

これまでも本当に大事なことはいつも頓挫してきた。それほど重要でない小さなことさえ、うまくいかないことが多かった。

このときも、看護婦が4‐Bから出てくるのを見て、今回もうまくいかなかったことを思い知らされていた。看護婦はきまり悪そうに謝りながら、キャンディーの箱と花束をさしだした。半分はキャリントンにかえしたそうにしていて、半分はかえしたくなさそうに見える。

「ごめんなさいね、ミスター・キャリントン。ミセス・マクブライドはご機嫌ななめで……お見舞いの品は受けとれないと言っているんです」

「本当に?」キャリントンは苦々しげに眉間に皺を寄せ、同時に柔和な笑みを浮かべた。「うーん、困ったな。だったら、また別の機会に……」

「同じですよ。とにかく受けとれないと言ってるんです。なんでしたら、わたしのほうから会社へ返送いたしましょうか。それとも……」

キャリントンは言った。かえしてもらう必要はない。できれば、そちらで引きとってもらえないだろうか。そうしてくれたら、ひじょうにありがたい。

「そのかわりと言っちゃ失礼だが、お大事にと伝えてもらえるかな。一日も早い回復を祈っていると」

「もちろんです。喜んで」看護婦は大きな笑みを浮かべた。「お心遣いに感謝を――」そこで言葉を切って、眉をひそめた。「でも、会っていかれるんでしょ。そのほうがいいと思いますよ、ミスター・キャリントン」そして、有無を言わせぬ口調で付け加えた。「そうすべきです」

「でも――でも、ご機嫌ななめなんじゃないのかね。当然だろう。気分がいいわけがない。身体の具合もよくないはずだ」

「だいじょうぶです。元気でぴんぴんしていますよ。あなたをここに来させるために、わたしたちをどれだけ困らせたか。せっかくいらしたんですから……」

看護婦はキャリントンの前にまわり、エレベーターへの道をふさいだ。キャリントンは精いっぱいの威厳を取り繕って、看護婦の脇をさりげなく擦り抜けようとしたが、うまくいかなかった。手を振り、あとずさりしながら、なおも言い張った。

「会っていきたいのはやまやまだ。そうすることができたら、それに越したことはない。でも、こんなときにミセス・マクブライドに会うのは、思慮に欠けるんじゃないか。やっぱりまずいんじゃないかな。患者本人のことを第一に考えないと。ちがうかね」

「わたしは患者さんのことを考えて言ってるんですよ。さあ、お入りになって、ミスター・キャリントン」

こうなったら入るしかない。だが、たとえ無理強いされたことでも、いつものように体裁だけは整える必要がある。病室に入るときにはなんのためらいも見せず、歩調は軽やかで、速かった。満面に笑みをたたえ、目に優しい光を宿し、両手を広げてベッドに近づいていく。

「やあ、ミセス・マクブライド！　呼んでくれてありがとう。来たい来たいとずっと思ってたんだが……」

「やめてちょうだい」ドナ・マクブライドは言った。

「え？　いや、まいったな。そんな言い方はないだろ。昔からの友だちじゃないか。それに……」

キャリントンは話すのをやめ、心のなかで小さなため息をついて、ドナが指さす椅子にすわった。できるかぎりのことはしたつもりだ。これ以上いったい何ができるというのだ。

それからの十五分は、椅子にすわったまま、ドナをじっと見つめ、同情深げにうなずいたり、首を振ったり、無意味な相槌を打ったりしながら、熱心に話に耳を傾けているよう見えた。だが、実際は、ろくに聞いてもおらず、ところどころで話の要点を拾っているにすぎなかった。頭の大部分を占めていたのはドナのことではなく、自分自身のことだった。どうして自分のような真人間が、あんな与太公どもとかかわらなければならないのか。

ドナやその夫のことではない。マクブライドはいささか退屈ではあるが、どこまでも実直で、善良な人間だ。そんな夫を亡くした妻が正気でいられないのは当然だろう。やっかいなのは、まわりでその場しのぎの言い逃ればかりしている者たちだ。やれやれ。うんざりする。本当にうんざりする。けれども、公平を期さなければならないとしたら、そんな連中とかかわった自分を責めるしかない。

どうしてもっと早く気がつかなかったんだろうと、げんなりしながら思った。あの年増の魔女にとっつかまったときに運気がさがったことに、どうして思いが至らなかったのだろう。

〝年増の魔女〟というのは死んだ妻のことであり、以前はテキサスの裕福な牧場主の未亡人だった。出会ったのはキャリントンがダラスの高級靴店で店員をしていたときのことだ。そのときまでの人生は順風満帆だった。少なくとも、いま思えば、間違いなくそうだった。

その店で片手間に写真のモデルをやっていて、けっこうな副報酬にもありつけた。ひいきの客を多数かかえていて、みな金離れがよく、その数はこれからもどんどん増えそうなので、婦人向けの高級店からの引き抜きの話は引きも切らなかった。給料だけでなく、贈り物もわんさともらった。たいていは現金で、ポケットのなかに入っていたり、ディナーの皿の下にこっそりさしこまれていたりした。現金でないときは、すぐに換金できる宝石や金製品であることが多かった。衣服一式の商品券をもらったこともある。

贈り物をもらえば、当然、面倒なお返しをしなければならない。贈り主は、ひとのいるところでは見せびらかし、ひとのいないところではいつまでも睦みあいたいと思うような、ピチピチの若い娘ではなかった。ピチピチの若い娘は金を持っていないし、男と付きあうのに金を払う理由もない。それゆえ、キャリントンに貢物をするのは、若くもなければピチピチでもない女たちばかりだった。枯れているというわけではない。酒や馬鹿騒ぎや夜の営みに関しては、まだまだ現役だった。なかには痩せている女もいたし、太っている女もいたが（たいていはそのどちらかだ）、どちらにせよ、その魅力のなかには若さも瑞々しさも含まれていなかった。

でも、それでまあいいではないか。ひとはすべてを手に入れられるわけではない。本人がそれほど若くも、瑞々しくもなく、身体の節々に痛みを感じたり、最近疲れやすくなったと思うようになったときには特に。そういった者はお楽しみより、むしろ将来のことを考えるべきだ。将来の備えがあれば、お楽しみはあとについてくる。夜が昼のあとについてくるように。

そんなふうに考えていたから、そして年とともにますますそんなふうに考えるようになっていたから、年増の魔女にとっつかまってしまったのだ。気がつくと、署名させられ、捺印させられ、ベッドに連れこまれていた。

当然、対等の関係になれるものと思っていた。それぞれ能力に応じて、必要に応じてというわけだ。向こうは生計の資を供し、こっちは自分自身をさしだす。長い冬の夜には暖炉のそばでくつろがせ、身体を火照らせているときにはベッドのなかでかわいがってやる。だが、不幸なことに、対等の関係に関して、年増の魔女には別の考えがあった。

「あなたって、ほんと、面白いひとね、ジョージ。夫を見せびらかすのって、すっごくいい気分。わたしは大満足だし、あなたも損はしない。左うちわで暮らせるし、見栄を張れるだけの収入も得られるわけだから。あなたにあげられないものは遺言に書いておいたわ。言っとくけど、タダ飯食いは駄目よ。なにも無理な注文をつけようとしているわけじゃない。どうせたいしたことはできないんだから。でも、仕事はしてもらわなきゃね」

昔からの牧場経営者の多くがそうであるように、年増の魔女も亡くなった前夫と同じように石油（連中に言わせれば〝臭いもの〟）と石油産業を軽蔑していて、直接的あるいは意識的にはかかわろうとしなかった。だが、広い土地を持っていれば、間接的にではあれ、どうしてもかかわらざるをえなくなる。少なくとも、ハイランド・オイル＆ガス社の場合のように、債権者という役まわりを渋々引きうける程度には。年増の魔女はハイランド社のすべてを所有していた。けれども、関心はまったくなかったし、誰が経営してもいまより悪くなりようがないと思っていた。だから、キャリントンにその仕事を任せたのだった。

キャリントンは微力ながら刻苦奮闘した。曲がりなりに帳簿もつけた。オフィスは狭いが、つねにきれいに保たれていた。わざわざ出すまでもないと思える手紙も自己流のタイピングで何通も書いた。そういった雑事の合間を縫って、しばしば現場へも足を運んだ。そのころは、アーロン・マクブライドが会社の業務の六分の一をこなしていた。たびたびの〝現地視察〟や〝スタッフ会議〟には閉口しているみたいだったが、つねに敬意を払うに値する男であり、つねに役に立つ男だった。

おおよそのところはマクブライドのおかげで、ハイランド社の経営状況は好転のきざしを見せはじめた。まだ赤字ではあったが、以前ほどではない。最終的には、会社を存続させるために差損分の補塡資金を注入しなくてよくなるのではないかと、年増の魔女が期待を寄せるまでになった。

その矢先に年増の魔女が死亡し、それとともに補塡資金の注入も打ち切られた。キャリントンが受けとった遺産はごくわずかだった。ハイランド社は倒産するか、資金援助なしでなんとか凌いでいくかのどちらかを選ぶしかなかった。愛しい夫のジョージの好きにしていい、というわけだ。まったくフェアじゃない。受けとった遺産は子供の駄賃程度のものだ。それで、会社をたたみ、使い古した機材を換金しようと考えていたとき、あの悪党どもが現われた。

そのときはそうは見えなかった。むしろ善人に見えた。なんでも、キャリントンやハイランド社の話を聞き、好印象を持ったので、ぜひとも資金援助をさせてもらいたいとのことだった。金は必要なだけ出す。それが無駄になったとしても、べつにかまわない。税務上の欠損金として処理するので、痛手にはならない。利益が出たら、それはそれで結構なことだ。たがいに満足のいくように分配しよう。

いい簿記係を紹介する。貴重な時間を面倒な書類仕事に割かれるのは決して好ましいことじゃない。折りにふれて適切な助言を与える用意はあるが、あくまで会社はキャリントンのものだ。キャリントンは社長であり、今後も会社の唯一の正式な所有者でありつづける。

それは申し分のない契約のように思えた。願ったり叶ったりだ。要するに、向こうが金を出し、事業の運転資金にあてる。こちらは身ひとつをさしだすだけでいい。それで、それでめでたしめでたしとなる。

以前にも同じようなうまい話を持ちかけられ、それが謀《たばか》りであり、罠であるとわかったことがある。だが、それを思いだしたのは、ずっとあとになってからのことだった。思いだしたときには、あとの祭りだった。見事に取って食われてしまったのだ。年増の魔女に取って食われたように。だが、今回の捕獲者に比べたら、年増の魔女などまだまだ可愛らしいものだった。

年増の魔女にしたように、縁を切るぞと言って脅すことはできなかった。冷たくしたり、すごんだりすることもできなかった。いや、やろうと思えばできたかもしれないが、そんなことをしても得られるものは何もない。いい思い出になるようなことや、繰りかえしたいと思うようなことは何も起こらない。

その取引のもっとも厄介な点は、連中の〝助言〟の多くが意味のよくわからないものであり、にもかかわらず、それをかならず実行に移すように強いられることだった。なんの説明もないのだ。なぜこれをすべきなのか、なぜあれをしてはいけないのか、誰も何も教えてくれなかった。連中のことはマクブライドも快く思っていないみたいだった。だから、よからぬことが起こりつつあるということはなんとなく察しがついた。だが、それがどれくらいよからぬことであるのかも、自分もマクブライドも与《あずか》り知らないことがほかにどれほどあるのかも――

わからなかった。何もわからなかった。わかっているのは、自分のまわりで何かとても邪悪なことがたくらまれているということだけだった。もしかしたら、マクブライドの死もそのひとつかもしれない。今度また斧が振りおろされるときが来るとすれば、自分は格好の標的になるにちがいない。


「ミスター・キャリントン！　ミスター・キャリントン！」

「えっ？　なんだい？」ジョージ・キャリントンの目から淀みがとれた。「なんの話をしていたんだっけ、ミセス・マクブライド」

ドナは小さな顎を引き、目をこらしている。思いっきり顔をしかめて、注意深く観察している。怒りと憤慨がゆっくりと消え、困惑にとってかわる。

「ミスター・キャリントン、あなたは本当にハイランド社の経営者なの？」

キャリントンはその質問を予想していた。ほかの者の顔に同じような表情が浮かび、そのあと同じような質問をされたことは何度もある。よく考えたら、ずいぶん不躾な質問だが、どんなふうに答えたらもっともらしく聞こえ、かつ面子を保つことができるのかはいまだにわからない。

「そりゃもちろん」明るく笑うしかない。「社長兼事務長だよ。名刺にもそう書いてある」

「あなたは感じがいいし、ひともよさそうに見える、ミスター・キャリントン。名目だけの社長なら別だけど、そうでなければ、わたしの夫が殺されたのに真相が究明されない理由を知ってるはずよ」

「殺された？　そんな……」

「殺されたのよ。それも聞いてなかったの、ミスター・キャリントン？　あなたとは連絡がつかないし、ビッグ・サンドの保安官事務所もまともな説明をしてくれなかった。だから、私立探偵を雇ったの」ここで強調するための間があった。「夫の拳銃は弾丸《タマ》を撃ちつくして空になっていたそうよ。そして、夫の命を奪った一発以外の弾丸はすべてそのまわりに落ちていた。すべて夫が倒れていたところからの射程範囲内にあった」

キャリントンはぽかんとした顔をしている。「な、なるほど。そうかそうか。たしかに変だな。うん、うん。きみの言いたいことはわかるよ」

「としたら、夫は殺されたということになる。あんな何もないところに立って、意味もなく拳銃を乱射し、そのあと最後の一発を自分の頭に撃ちこむなんて、ありえないでしょ」

キャリントンは訳知り顔で首を振った。そして言った。たしかにありえない。でも、たしかなことは誰にもわからない。「いずれにせよ、その私立探偵はなかなかの切れ者のようだね。わたしも会って話してみたい」

「もう話すことはできないわ。このことをわたしに教えてくれたあと、仕事を降りてしまったのよ。ここに戻ってくると、すぐに事務所をたたんで、町から出ていってしまった」

「本当に？　そりゃまたおかしな話だな」

「脅されたか、買収されたんだと思う。両方かもしれない。でも、その理由をあなたに調べてくれと頼むことはできない、ミスター・キャリントン。あなたにここへ来てもらったのは時間の無駄だった」

それは事実の表明であり、その口調は辛辣でもなく、無作法でもなかった。それでもキャリントンは度を失い、恥ずかしさのあまり、毎日のマッサージのおかげで血色のいい顔が真っ赤になるのを感じた。

「そんなことはないよ」と、むきになって言う。「いつでも喜んで手を貸すつもりだ。できるかぎりのことはするつもりだ」

「だったら……わたしのために拳銃を手に入れてくれる？」

「えっ？　拳銃を？　そんなことは――」

「そんなことはできない？　それくらいのこともできないの？　それくらいのこともできないで、いままでよく生きてこれたわね、ミスター・キャリントン。おめおめとよく生きてられるわね」

ドナは寝返りを打って、キャリントンに背中を向けた。

キャリントンは微笑もうとして顔を歪めた。反論か言いわけをしようとしたが、言葉が見つからない。よろけながら立ちあがって、ベッドのほうへ半歩進んだが、やはり何も言えなかった。それで、肩をいつになく高くそびやかせると、くるりと身体の向きを変えて、足早に部屋から出ていった。

9

オーガスト・ペリーノの自宅は古めかしい煉瓦造りの二階建てで、フォートワースの高級（超高級とまではいかない）住宅地にある。広々とした芝地には、クロッケー用のコートや二人がけのスウィングベンチがしつらえられている。ペリーノはその庭ではとんどの時間を過ごす。芝を刈ったり、スウィングベンチでビールを飲んだり、クロッケーをしたり。クロッケーには、よく近所の子供たちを誘う。そのときには、妻がつくったご馳走を気前よく振るまう。子供たちからは親しげにファーストネームで呼ばれている。

妻のミセス・ペリーノはほとんど英語が話せない。教会に行くとき以外、夫婦でいっしょにいるところを見られることはめったにない。ペリーノはとても孤独な男なのだろうと、みんなに思われている。ガソリンスタンドのチェーン店を所有していて、規模は小さいが、経営状態はすこぶるいい。ときどき、街の外からの来客がある。ペリーノと同じように、飾らない気さくな男たちだ。けれども、長くとどまることはなく、ペリーノはすぐまたひとり芝生で過ごすことになる。

客たちは、肌の色やほかの身体的特徴から見て、妻の親類縁者だろうと思われている。ペリーノの容姿に遺伝的な特質はいくらも発現していない。短く刈りこんだ髪は淡いブロンドで、白髪のように見える。猪首がビア樽のような身体につながっている。その体型や、大きな赤ら顔や、白っぽい髪のせいで、六十歳くらいに見える。実際は、それより二十歳は若い。

ニックネームは〃太っちょガス・パルキーニ〃、あるいは〃ブーちゃんのオーギー〃。身のこなしはジェット機並みに素早い。それがオーガスト・ペリーノの真の姿だ。ガラガラヘビ並みに危険で、タチが悪い。

子供好きというのは見せかけではない。だが、たとえ嫌いでも、好きそうに見えただろう。見せかけを取り繕うのは得意中の得意だ。必要なことはなんだってするし、なんだってうまくやってのける。どんな種類の仕事でも、これまではほぼ完璧にこなしてきた。

できる男という評判には誇りを持っている。どんな事業計画であっても、ほぼ百発百中で裕福な事業主を見つけ、資金を調達することができる。けれども、そのような評判は重荷となっていつも心にのしかかり、次は失敗するのではないかという不安につねに付きまとわれている。

必要なものはひとつ、たったひとつだ。完璧に近い過去にはなんの意味もない。過去はどうでもいい。過去は過去。大事なのは現在だけだ。事業計画の立案者として、万にひとつの失敗も許されない。出資者が損をしたり、困惑したり、危険にさらされたりしたら、それはすべて自分の責任になる。

それが鉄の掟だ。ほかの者にも強いてきたことだから、文句は言えない。そのせいで、つねに耐えがたいほどのプレッシャーを感じている。そして、ちょうどいまのように、それがぼんやりとした可能性の領域から出てきて、実体を伴い、差し迫った現実の問題になりはじめると……

ペリーノはとつぜん木槌《マレット》を激しく振りおろし、木のボールを思いきり叩いた。ボールが半分に割れ、木槌の柄が三つに折れると、しかめっ面に笑みが浮かんだ。そのとき、車のドアが閉まる音がしたので、顔をあげると、タクシーが歩道わきから離れるのが見えた。やれやれ。サーカスのワゴンみたいな車がうちに来るなんて！　しかも、ゲートのほうにつかつかと歩いてくるのはジョージ・キャリントンではないか。

ペリーノは笑みを浮かべたまま、肉づきのいい手をさしだして前に進みでた。

「やあ、ジョージ」そう言って、キャリントンの手を強く握り、家のほうに引っぱっていきはじめた。「おれもそろそろ年かな。ここに来てくれと頼んだ覚えはないんだが」

「えっ？　いや、そうじゃなくってミスター・ペリーノ、わたしが——」

「自分から訪ねてきたってことか。ほう、そいつは嬉しいな、ジョージ。さあ、なかに入ってくれ。邪魔の入らない静かな部屋で、ふたりだけで話そう」

キャリントンは礼を失さないよう丁寧に断わった。わざわざなかに入らなくても、用は足りる。

「ミセス・マクブライドのことなんだがね、ミスター・ペリーノ。あれは殺人事件だと言っている。夫は殺されたと思っている」

「殺された？　自殺じゃなくて？」

「どうやらそうじゃないらしい」キャリントンは自殺ではないと思う理由、つまりドナがそう考えている理由を早口で伝えた。「われわれしか力になってやれる者はいない。ミセス・マクブライドのために犯人を探してやらなきゃ」

「どうしたらそんなことができるんだ、ジョージ。おれたちはビジネスマンなんだぞ。どうして殺人事件の犯人を探しだせるというんだ」

「そ、それは——もしかしたらと思っただけで……」

「なるほど。だったらそれでいい。でも、考えすぎじゃないか、ジョージ。どうやらゆっくり話をする必要がありそうだな」

ふたりは玄関ポーチの階段の前まで来ていた。キャリントンは必死で抗った。「ほんとに時間がないんだ。そろそろ行かなきゃ——い、いたい！」顔から急に血の気が引き、膝がへなへなと曲がった。それから手を引っぱられ、階段をポーチまで一気に駆けあがらされた。

ペリーノはにやっと笑った。「指の骨ってのはじつに簡単に折れるものでな。あんたみたいな弱っちい男なら、こうなふうに指と指を押しつけあっただけで——」

「や、やめてくれ！　頼む。手荒な真似は——あああ！」

「自分が悪いんだぜ、ジョージ。あんたは考えすぎだ。もう少し身体を動かしたほうがいい。自分で自分を追いこんでしまっている。とても見ちゃいられない」

ペリーノはまた強く手を引っぱり、キャリントンを暗い玄関口に放りこんだ。それから、身ぶりで先に行けと命じると、筋肉の盛りあがった太い腕で背中を押しながら廊下を進んで、台所に入った。

鼻の頭に小麦粉をつけたミセス・ペリーノが、作業台でパン生地をこねていた。ちらっと顔をあげてキャリントンに冷ややかな一瞥をくれ、それから夫に軽く微笑みかけ、そしてまた作業に戻った。ペリーノは台所の奥のドアを指さした。

「そこの階段を降りるんだ、ジョージ。足もとに気をつけてな。さあ、行け。ぐずぐずしていたら、後ろからぶつかるかもしれんぞ」

「で、でも、そんな——」

「階段から転がり落ちてもいいのか。だったら……」

キャリントンはぎこちない足取りで部屋を横切り、ドアをあけて、長くて急な階段を降りていった。頭上でドアが閉まり、地下室の明かりがつくと、ぼんやりと周囲を見まわした。

地下室の一部はワインセラーとして使われていて、ボトルが斜めにずらりと並んでいる。残りのスペースは簡素だが、居心地のよさそうなラウンジになっていて、小さなバーと三脚の革張りのスツール、そしてやはり革張りのソファーと四、五脚の安楽椅子がある。

ペリーノはキャリントンのネクタイをつかんで、ラウンジのほうへ顎をしゃくった。「見た感じは悪くないだろ、ジョージ。あそこにすわりたいか」そして、素早く身体の重心を移動して、キャリントンを肩ごしに部屋の奥に投げ飛ばした。

キャリントンは身体の半分だけソファーの上に落ちた。痛みとショックで息がとまりそうだ。身体を起こす間もなく、ペリーノにのしかかられ、またネクタイをつかまれた。

「あんまりすわり心地がよくなさそうだな、ジョージ。だったら、そうだな……あっちの椅子にしてみようか」

ペリーノはまた身体の重心を移動させ、肩を波打たせた。腰をかがめ、撥ねあげると、キャリントンはふたたび宙を飛んでいた。そして、先ほどと同じように身体の半分だけ安楽椅子の上に落ちた。

もちろん、その椅子もすわり心地はよくないはずだ。いいわけがない。もうひとつの椅子を試してみよう。それも駄目なら、次の椅子。さらに次の椅子。さらにさらに次の椅子……結局、全部の椅子が試されることになった。そのときには、キャリントンの身体は激痛のかたまりになり、頭は割れそうで、腎臓は体腔から剝がれたみたいになっていた。もっとも痛みが激しく、もっとも屈辱的だったのは、肘掛けにまたがるように落ちて、股間をしたたかに打ちつけたときのことだ。あえぎながら、吐きそうだと言うと、ペリーノはうなずいて、シンクの前へ連れていった。そして、そこに立って、用がすむのを見ていた。それからまた拷問が始まった。

部屋のなかを二周して、ようやくペリーノは満足したみたいだった。もう一周してもいいが、その必要がないことはすでにあきらかだった。これ以上やっても、結果は変わらない。キャリントンのなかにはもう何も残っていなかった。生きるために必要なものは何ひとつ残っていなかった。元々いくらもなかったが、いまではそれさえなくなっている。

ペリーノは椅子を引き寄せてキャリントンの様子を見ながら、ちょっとやりすぎたかもしれないと思った。

それで、ほんの少し心配そうに訊いた。「だいじょうぶか、ジョージ。頭のなかからくだらない考えを追いだすことはできたか」

「え？　あ、ああ……も、もちろん」

「だったら、おれたちは一蓮托生だ。あんたにも分け前を……」

「いや、いらないよ。そんなものに興味はない」

「ほう」ペリーノはもう一度キャリントンをじっと見つめた。「あんたはこの件にかかわらないほうがいいと思っていたんだが、こうなったからには……まあいい。とにかく、いまマクブライドの一件には蓋をすることができなくなりかけている。いずれそうなるだろうとは思っていた。至急なんらかの手を打たなきゃならない――おれたちが、だ。あんたじゃない。あんたは何も知らなくていい。おれたちがやる。それをカーペットの下に放りこみ、上から何度も踏みつけて、覗くことも、身動きすることもできないようにする。調べられたり、ほじくりかえされたりして、くだらない厄介ごとに巻きこまれるわけにはいかないんだ。わかるな、ジョージ。なんでこんなふうにしなきゃいけないのか。なんでどこかの私立探偵や、あんたみたいな変人に首を突っこまれるわけにはいかないのか」

「も、もちろん。もちろん、よくわかる。一から十まで」

「よかろう」ペリーノは言ったが、まだ確信は持てなかった。「何か飲むか、ジョージ。それとも、しばらく横になっていたいか」

キャリントンは丁寧な口調で断わった。「それより身なりを整えたい。顔を洗わせてもらえるか」

「いいとも。そのあいだに、おれは一杯ひっかけることにするよ」

キャリントンはシンクで顔を洗い、乱れた白髪まじりの茶色い髪を梳かしつけた。それから、ネクタイを直し、しわくちゃになった服をゆっくり念入りに整えた。ペリーノはその様子を訝しげな、そして不思議そうな小さな目でじっと見つめていた。

外見が元に戻ると、キャリントンは口もとに柔和な笑みを浮かべて振り向いた。

「じゃ、わたしはこれで失礼するよ。いろいろと世話になったね」

「世話にって……ああ、どういたしまして」それから、「いいかい、ジョージ。ひとつ教えてもらいたいことがあるんだ」

「もちろん。なんなりと」

「つまりこういうことだ。おれたちが最初に話を持ちこんだとき、あんたはそれをどんなふうに受けとめたんだ。ドアをあけて、おれたちを迎えいれたとき、何か臭うと思わなかったのか。腹をすかせていたので、膝の上にパンを投げてくれたと思ったのか」

空腹とパンの意味を理解するのに少し時間がかかった。それからキャリントンはいつものように控えめにくすっと笑った。「そうかもしれない。そう思うのは当然のことじゃないか」

「当然のこと?」

「そう。当然のことだ。立場が逆だったら、わたしは間違いなくそうしていた。自分が金をたんまり持っているときに、誰かが逆境にもがき苦しんでいたり、人生の荒波に呑まれようとしていたりしているのを見たとしたら、救いの手をさしのべるのは当然じゃないか。救命具を投げてやらなきゃいけないときに、その上に能天気にすわっているわけにはいかない」

キャリントンは明るく微笑み、以上で説明終わりというようにてのひらを広げてみせた。ペリーノはゆっくりと立ちあがった。とつぜん湧きあがった闇雲な怒りに身体がぶるぶる震えている。

「この間抜け野郎！　さっさとここから出ていけ。出ていったら、二度と戻ってくるな！　その馬鹿づらをまたここに出してみろ。そのときは——」

「ああ、もう来ないよ」キャリントンは言った。「誓ってもいい。ボーイスカウトみたいに。嘘じゃない」

街へ戻るタクシーのなかで、キャリントンは深まっていく夜の闇を眺めながら、久しぶりに心からリラックスし、満ち足りた気分になっていた。じつに素晴らしい一日だった。最高の一日だったといってもいい。ミセス・マクブライドはとても感じのいい女性だった。驚くほど物わかりがよくて、思いやりが深い。そして、ミスター・ペリーノ。あの男以上に愉快な人物はいない。なのにどうしていままで顔をあわせるのを避けていたのか。

これは他人をどれだけ誤解できるかという格好の例だ。自分だって、それほど心が清いわけではない。間違いない。そうじゃないか。だから、あのふたりを疑ったのだ。けれども、もし心臓の心室も心房もきれいに洗うことができたら、怖れるものはもう何もなくなるのではないか。「わが魂の力は十倍にもなりぬ。なぜなら、わが、わが……ええっと……わが手の清らかさゆえに」だったか？　古い名詩の一節だが、正確には覚えていない。たぶん次は——〝さすれば、ユダは涙ながらに語りぬ。然り。わたしはタマネギが大嫌いだ。とても耐えられない〟アホらしい。こんなのであるはずがない。どうしてひとの頭にはこんなくだらない言葉しか浮かんでこないのか。

タクシーはダウンタウンのオフィスビルの前にとまった。キャリントンは車から降りると、五ドル札をさしだし、運転手の手に握らせた。

「きみは素晴らしいひとだ。目を見ればわかる。本当に心のきれいな素晴らしいひとだ」

「そうかい？」運転手は素早く手を引っこめた。「悪いがほかをあたってくれよ。今夜はまだ仕事があるんだ」

「ああ、わかってるよ。わたしも忙しくなりそうなんだ」

タバコ屋の新入りの店員が店じまいの準備をしていた。キャリントンはカウンター上の菓子箱からミント・キャンディを取って、十ドル札を渡し、釣りはいらないと言った。「きみにはそれだけの価値がある。最高のものを手にする価値がある」

店員は疑わしそうに紙幣を調べ、本物だとわかると、急いでしまいこんだ。「いいですか、お客さん。気を落ち着けてくださいよ。どうやって監視の目をくぐり抜けたのか知らないけど——」

「逃げも隠れもしていないよ。いつも見張られていることはわかってる」

キャリントンはエレベーターで十九階へあがった。いまはそのフロアの半分をハイランド社が占めている。エレベーターから降りるときには、オペレーターの若者に手持ちの最後の二十ドル札をさしだした。若者は仕方なしにといった感じで金を受けとり、きみはいいやつだというキャリントンのお世辞を受けいれた。

「お礼にコーヒーを買ってきてあげますよ、ミスター・キャリントン。コーヒーはラージサイズのブラック。ついでにサンドイッチもね。それで元気が出ますよ」

キャリントンは礼を言って断わった。「腹はへってない。どちらにせよ、こんな時間に食事をとるのは、あまり褒められたことじゃない」

ハイランド社でいちばん広くて快適な部屋は、法務部と経理部が使っている。キャリントンのオフィスは建物の裏側にあり、路地に面していて、ペリーノに出会うまえに使っていた部屋と同じくらい狭い。

キャリントンはなかに入ると、両開きの窓をあけ、その向こうに足を踏みだした。

10

トム・ロードはジョイス・レイクウッドの家から車で走り去りながら、やりたいことをやればいいと説得されたときのような、めったにない気分のよさを味わっていた。数日前から酒を絶ち、アルコールが身体からすっかり抜けたとき、ビッグ・サンドの町をしばらく離れる決意を固めたのだ。遠いところへ行こうというのではない。そんなに遠くへ行く必要はない。ただ町を離れるだけだ。いまとなっては、こんな町に思い残すものは何もない。それでもいつかはここに帰ってこなければならない。よその土地に骨をうずめるなど想像することもできない。けれども、ひとまずは気分を変える必要がある。いろいろやりたいことがあるなかで、それが唯一できることだ。

そう心に決めて、付いてくるかと訊こうとしたとき、ジョイスのほうから町を出ようという話を持ちかけられた。彼女の性質はよくわかっていたので、ロードはむずかしい顔をして異を唱えた。

「逃げたほうがいいって、トム！　あんたのためよ」

「どうだろう。なんとも言えないな。きみにもすごく迷惑をかけることになる」

「まさか。ちっとも迷惑じゃないわ。本当よ。わたしがそうしたいの」

「なるほど。だったら話は別だ。きみが行きたいのなら行ってもいい。きみのためだ」

ジョイスは大喜びでキスをした。「わたしのことを愛してる？　わたしのこと好き？　ほかの誰よりも？」

「やれやれ。そんなふうに見えないってことかい」ロードは言った。「おれが簡単にほかの女に鞍替えすると思ってるのかい」

ロードが家を出たとき、ジョイスはまだ舞いあがっていて、旅行の計画のことをあれやこれやと楽しげに語っていた。ロードは荷造りをしてすぐに戻ってくることになっていた。戻ったときには、ジョイスも旅支度をすませているにちがいない。

ロードのほうも上機嫌だった。やや気になるのは、ジョイスがしてやったりと有頂天になり、さらに大きな希望に望みをつないでいることだった。ジョイスが期待に胸を膨らませているのは間違いない。顔に出さないよう努めてはいるが、同じことだ。自分ひとりで勝手に舞いあがり、それから失意のどん底に突き落とされる。それは自業自得というものだ。誰のせいでもない。

ジョイスと結婚するつもりはない。誰とも結婚するつもりはない。なのに、なんでジョイスなんかと結婚しなければならないのか。

男には――少なくとも自分には、そんなことはできない。自分の妻の身体の上を何人の男が通り過ぎていったのかと考えながら一生を過ごすことはできない。彼女の過去を責めるつもりはない。誰にだって事情というものはある。ジョイスだって例外ではない。それでも、そういった過去を受けいれて生きることはできない。万事承知の上でと言われても困る。

ロードの自宅があるのはビッグ・サンドの旧家が集まる一画で、なだらかな坂道に立ち並ぶ家々が町を見おろしている。戸数は二十ちょっと。もっとも新しい家でも築六十数年で、大半は南北戦争中かそれ以前に建てられたものだ。いずれも広々として機能的なアメリカン・プレイン様式の建物で、金と時間を惜しまず普請されたものだけに、少しも古さを感じさせず、傷みも少なく、老朽化もしていない。

ロードの家は三戸で一ブロックの角にあり、通りぞいに七十五ヤードほどの敷地が広がっている。つねに水不足に悩まされている地域にもかかわらず、庭には草木が生いしげり、芝生は冬場以外はいつも青々としている。馬をつないでおくための杭と玄関のドアには、同じ名前と肩書きが刻まれたブロンズの表札が掲げられている。

内科および外科医
トーマス・デモンテス・ロード医学博士

表札をそこに取りつけたのはロードの曾祖父だ。その息子と孫息子は、どちらも同じ名前を継ぎ、同じ道へ進んだので、表札がはずされることはなかった。そして、その血をいまに受け継ぐ元保安官補のトーマス・デモンテス・ロードも、それをはずそうと思ったことは一度もない。そこにあって当然のものなのだ。当主だからといって勝手に取りはずしていいものではない。

石油ブームが到来してからは、何人もの余所者がこの表札を見て医者だと思い、普段から鍵がかかっていない玄関のドアをあけて、無断で家のなかへ入ってくるようになった。けれども、ロードはそれを面白がり、少しも迷惑だとは思わなかった。としたら、何も変える必要はない。しきたりを破る理由もない。

表札はいまもこれまでどおりのところにある。玄関の鍵がかけられることもない。見知らぬ者がふらりと入ってくることもよくある。この日、自宅に戻ったときも、父の診察室に誰かがいるのがドアごしに見えた。小柄な若い娘だ。飛びぬけて可愛らしく、身体は小さいが、出るべきところは出ている。けれども、いまは見るからにやつれている。唇と頬をほんのり色づかせる程度の血の気しか残っていない。

ロードは表情を変えずに娘を見つめた。「こんばんは。医者を待ってるのかい」

「いいえ。そうじゃないの」娘は立ちあがりかけた。「お医者さまじゃなくて、その息子さんに会いにきたのよ。あの……ええっと……息子さんでいいと思うんだけど。トム・ロード……？」

最後の言葉は質問だった。そう言ったあと、ドナは自分が弱々しい微笑を浮かべ、わけもなく媚びへつらうような口調になっていることに気づいた。自分にはここへ来る正当な理由がある。この町に来て、アーロン・マクブライドの殺人事件の捜査を要請する権利がある。この町の保安官事務所の連中は、誰もその権利を否定しなかったが、積極的に肯定もしなかった。誰も何もしてくれなかった。目はこちらを向いているのに、まるでそこに何も存在していないかのように、その視線は自分を素通りしていた。ついさっき病院でかっとなったときと同じように癇癪玉を破裂させても、みな素知らぬ顔をしていた。慇懃無礼で、冷ややかで、取りつく島もなかった。ロにこそ出さなかったが、わけのわからないことを言うな、でないと承知しないぞ、と言っているみたいだった。

「トム・ロード。わたしはトム・ロードに会いにきたの」

「それで?」

「決まってるでしょ。どこに行けば会えるか教えてほしいのよ」

「教えてもいいが、先になんの用か教えてくれるかい?」

「そ、それは——」急にめまいがしたので、ドナはまた長椅子にすわりこんだ。「何もむずかしいことを頼んでるわけじゃないのよ。このイカレた町では、質問には質問でかえすことになってるの?」

「まあね。きみはちがうのかい」

「どうしてそんなふうに——わかったわ」ため息が漏れる。「わたしの名前はドナ・マクブライド。先日、夫のアーロン・マクブライドが掘削地で殺されたの。そのことについてミスター・ロードと話したいの」

「トムはもう保安官補じゃない。話があるのなら保安官としたほうがいい」

「保安官補を辞めたことは知ってるし、保安官とはついさっき話をしてきたばかりよ。ほかの間抜け面の保安官補たちとも。誰もまともに取りあってくれなかった。あなたと同じように。いいえ、それ以上に。ここの住所を聞きだすのさえ一苦労だったのよ」

「ミスター・ロードはきみに会いたがっていないと思ったんじゃないかな」

「でも、わたしは——わたしは！」ドナは大声で叫びたかった。じつのところ、気がついたときには叫んでいた。なんとか我慢しているが、頭に血がのぼり、めまいはひどくなる一方だ。「お願い。なぜかって訊かれても、うまく答えられないけど、どうしてもミスター・ロードに会わなきゃならないの。いい加減かもしれないけど、べつにかまわないでしょ。これはわたしとミスター・ロードとの問題なんだから」

「つまり、おれには関係ないってことだね」

「ええ……まあ、そういうことだけど」

「だったら、おれはかかわりにならないほうがいい。きみもそれを強制できない」

ドナが諦め顔で見つめると、真顔で見つめかえされた。でも、それは本当に真顔なのだろうか。涼しげな黒い瞳に、嘲笑の色は浮かんでいないだろうか。

「わかったわ」ドナはか細い声で言った。「じゃ、わたしはこれで失礼する。あなたには何も期待できない。この腐りかけた薄汚い町には、わたしを助けてくれる者はひとりもいない。西部の人間は親切で礼儀正しいだなんて、いったいどこの誰が——誰が——」

闇が波のように押し寄せ、ドナは口ごもった。

「どうかしたのかい？　もしかしたら、そう言ったのは、親切で礼儀正しい西部の人間かもしれない」

また別の闇が押し寄せてきた。そして、その底から浮かびあがったときには、長椅子に横たわっていた。すぐ隣にロードがすわって見ていた。

「きみはまだ出歩ける状態じゃない。帝王切開の手術の直後なんだから」

「えっ……」ドナは顔を赤らめ、気むずかしげにスカートを引っぱった。「じゃ、あなたがドクター・ロードなのね」

「そう考えてもらってかまわない。もう少し横になっていたほうがいい。注射をうっておこう」

ロードは皮下注射の準備をした。父が死んでもう何年にもなるが、いまでもいろいろな医薬品の会社からサンプル品が送られてくる。

袖をまくりあげて、脱脂綿で腕を拭い、針を刺したとき、ドナは腕を引こうとした。

「睡眠薬じゃないでしょうね、ドクター」

「ちょっと待って」注射器のプランジャーを押して投薬を終えたあと、ロードは言った。「ああ、そうだよ。これでゆっくり休める」

「そんな！　休んでる場合じゃないのよ。トム・ロードに会わなきゃいけないの」

「だいじょうぶ。会えるよ。かならず会ってくれるよ」ロードはいたずらっぽい笑みを浮かべて言った。その声はドナが急速に落ちていく無のなかまで追いかけてきた。「会えるだけじゃない。それ以上にいろいろ……そう、いろいろ……」

ドナは眠けをこらえて怪訝そうに眉を寄せた。視線が一瞬宙をさまよい、それからロードの視線をとらえた。頬がかすかに赤らみ、どこか恥ずかしげな忍び笑いの声が口から漏れた。

そして、次の瞬間には眠っていた。

ロードはドナの身体を抱えて二階にあがり、寝室に入ると、そのままベッドに横たえようとしたが、途中で思いとどまった。

この小柄な娘は休養を必要としている。数時間ではなく、最低でも数日。だが、休息をとるには、着ているものがあまりにも窮屈すぎる。スリップとかペチコートとかいろいろなものを何枚も重ね着しているにちがいない。服のほうが身体より重そうだ。このご大層な身づくろいは本人の好みなのか、それとも亭主の意向が働いていたのか。

いや、そんなことはどうでもいい。とにかく服は脱いだほうがいい。そして、ここには自分以外に服を脱がせることができる者はいない。

ロードの動きはぎこちないながらも素早かった。ドナを膝の上で赤ん坊のように抱きかかえて、服を引っぱりあげたり、引きずりおろしたりして脱がせると、古いスギ材の衣装箱をあけて、シルクとレースの下着が入った薄葉紙の包みを取りだした。

ほのかな香りが立ちのぼり、遠い昔の夜がいまによみがえり、ロードはかつて現実であった夢のなかにさまよいこんだ。目に不安と渇きの感情があふれだす。永遠に失ったものを呼び戻し、しがみつきたい。薄葉紙の包みをかかえたまま、ほとんど微動だにせずその場にひとしきり立ちつくしたあと、ふたたび現実に引き戻されたのは、マホガニーのフレームの鏡のなかに自分の姿が見えたときのことだった。

口もとに苦々しげな笑みが浮かぶ。薄葉紙の包みのなかから必要なものを取りだすと、残りは衣装箱に戻し、蓋を足で蹴って閉めた。

母親のネグリジエとナイトガウンをドナ・マクブライドに着せおえたとき、サイズがぴったりなことに驚かされた。まるでドナのためにあつらえたようなものではないか。まるでふたりは——ドナは……そこまで考えて、腹立たしげに思案を打ち切った。たしかにサイズは同じだ。でも、それがどうしたというのか。小柄だが豊満という女はどこにでもいる。そんなことにはなんの意味もない。ドナ・マクブライドに自分がどんな感情をいだいているかといったことにも、なぜこんなふうに世話を焼いてやるのかといったことにも、まったくなんの関係もない。

ドナは体調を崩している。夫を殺され、自分はその死に責任がある。だから、放っておくわけにはいかない。自分の何を知っているのか、これから何をしようとしているのかも見きわめなければならない。

ふたつめの課題はそんなにむずかしいものではない。大雑把な事実だけを知っていて、それにまつわる事情を知らなければ。いや、ほとんどの場合は知っていたとしても、たぶん同じことだろう。疑問の余地はない。ドナがここに来たということは、夫が殺されたと信じているということだ。さらに言うなら、いまここにあるハンドバッグの重さから判断すると、ドナは自分で殺人犯を始末するつもりでいるということになる。

その推測が当たっているかどうかを見るために、ハンドバッグをあけると、なかから装塡ずみの小型拳銃が出てきた。ぴかぴかの新品で、なんの目的のために買ったのかは想像にかたくない。

としたら……

としたら、ドナに張りついて監視するしかない。目をほかに向けさせるか、説得するか、それとも守りを固めるか。とにかく、なんらかの手を打たなければならない。でなければ、まったく何もしないほうがいい。ドナという脅威から身を守ろうとしながら、もう一方では、ジョイス・レイクウッドという同じように大きな脅威に身をさらしているということを忘れてはならない。

ジョイスの家に戻る予定の時間はすでに過ぎている。ジョイスは荷造りをすませ、いまごろはやきもきと気を揉んでいるはずだ。いまにも電話をかけてきて、何をぐずぐずしているのか、約束をたがえるつもりかとなじるにちがいない。この旅はジョイスにとってすこぶる大きな意味を持っている。それを結婚への序章だと考えている。取りやめようと言おうものなら——たとえ永遠にという意味でなかったとしても……

受けいれるはずはない。どんな言い訳をしても、納得しないだろう。泣き、懇願し、そして逆上する。手がつけられないほど怒り狂い、挙句の果てにデイヴ・ブラッドリー保安官に垂れこむかもしれない。そうなったら、連中としてもアーロン・マクブライドの一件を放置しておくわけにはいかなくなる。

時間がたてば、ジョイスは後悔するだろう。だが、その時点ではもう取りかえしがつかない。

電話が鳴った。

ロードは急いで部屋を出て、ドアを閉めると、廊下にある電話の受話器を取った。

「もしもし……やあ、ジョイス」

「トム！　遅いじゃない。ずっと待ってるのよ。いったい全体――」

「いいかい、ジョイス。頼むから聞いてくれ。いまは話せないんだ。電話で長話は――」

「わたしだって電話でこんなこと話したくないわよ！」ものすごい剣幕だった。頭に思い描いていた絵図が消えていきつつあることを感じとっているのだろう。「いますぐ家を出て、こっちに来てちょうだい！」

「無理だと言ってるんだよ。旅行には行けない。延期だ。二、三日中にそっちへ行って、わけを話すから――」

「な、なんですって？　行けないって、どういう意味なの……いますぐに説明してちょうだい。ほんとにもう信じられない。とにかく、こっちへ来て。でなきゃ、わたしがそっちに行くわ」

「やれやれ」ロードはいらだちが募るのを感じた。「おれは行かないし、きみも来ちゃいけない。家に近寄るのも厳禁だ。すまないと思ってる。だから、おれの言うことを――」

ふいに泣き声が聞こえた。しゃくりあげている。ロードはいらだちがさらに募るのを感じた。

「もういい、ジョイス。話はすんだ。これで――」

「電話を切るって言うの、トム・ロード！　そんなことをしたら、タダじゃすまないわよ」

「上等だ。タダじゃすまないなら、どうなるか見届けてから、お返しをさせてもらう」

ロードは電話を切った。すぐにまた電話が鳴った。

「いいこと、トム。よく聞いてちょうだい。あと三十分、いえ、あと一時間だけ待ってあげる。それまでにここに来なかったら——」

「好きにすればいい。息をとめて待っていろ」

ロードは受話器を叩きつけた。

電話はもう鳴らなかった。

11

オーガスト・ペリーノはジョージ・キャリントンの自殺によって苦しい立場に追いこまれていた。一報が新聞に出ないうちから、安全な回線を使った長距離電話がひっきりなしに入り、そのあと、電話をかけてきた者全員が古めかしい煉瓦造りの自宅にやってくることになった。

以前なら、用があるときにはペリーノのほうから召集をかけていた。そのとき以外に、仕事仲間が自宅を訪ねてくることはなかった。それが今回はいまから行くと一方的に告げられ、心の準備をしておくようにという忠告まで受けた。それが何を意味しているかはあきらかだった。お役ご免ということだ。少なくとも、いまのままではいられない。鞍の上は不安定きわまりなく、ちょっと押されたり揺さぶられるだけで、地面に落ちることになる。

ミセス・ペリーノは一同のために手のこんだ母国の料理を用意した。食事の席ではみなぺこぺこ頭をさげ、お世辞を言いあい、抱擁を交わし、笑いがはじけていた。ペリーノもその輪のなかにいるにはいたが、居心地は悪く、いらだたしさを隠すことはできなかった。こんな経験をしたことはいままで一度もなかった。連中は糞いまいましいイタリア人であり、好感などは最初から少しも持っていない。ペリーノ自身も父方はシチリア人だが、根っからの母親っ子だったせいで、自分ではラテン系というよりプロイセン系だと考えている。

ようやく食事と歓談の時間が終わった。ミセス・ペリーノは二階にあがり、ペリーノと客人たちは地下室におりた。酒のボトルがあけられ、葉巻がまわされ、気がついたときには、ペリーノは革張りのソファーにひとりですわっていた。どういうわけか明かりは自分だけを照らしているように感じられた。ほかの者は暗がりになかば隠れるようにして椅子にすわり、半円状に自分を取り囲んでいる。

しんとしている。沈黙は深まるばかりだ。ペリーノは悪態をついて立ちあがり、しらじらしく取りすました男たちの雁首を殴りつけたいという衝動に駆られた。だが、そんなことをしたらおしまいだということは重々承知している。この沈黙は一種の決まりごとであり、そんなふうにして挙措を失うように仕向け、心の弱さや後ろめたさを引きだそうとしているのだ。そういったことになれば、静かに鞍から降りることは許されない。鞍から叩き落とされることになる。

自分の後釜は誰だろうかと考えはじめたとき、ふと気がついた。というか、感じとることができた。人選はすでにすんでいる。ニュージャージーから来たサルヴァトーレ・オナーテ。一同のなかでいちばんの古株で、いちばんの金持ちだ。事前にどこかに集まって決めたにちがいない。

沈黙はなおも続いた。ペリーノは表向きは客人たちと同じように何食わぬ顔をして待ちつづけた。そのときとつぜん何かが割れる音がして、ペリーノはびくっとした。気がついたときには、ソファーから半分立ちあがっていた。

忍び笑いが室内に広がっていく。

サルヴァトーレ・オナーテが申しわけなさそうに微笑んだ。「これは失礼、オーガスト。グラスを割ってしまったよ」

ペリーノはむっとしたが、なんとか自分を抑えつけて、気にするなというジェスチャーをした。グラスは安物だ。拾わなくてもいい。

オナーテはにこりともせずにうなずいた。「わかってるよ。割れたグラスを元に戻すことは誰にもできない」

「そりゃそうだ」ペリーノは同意した。

この老いぼれには、口でも胆力でも負けはしない。グラスを落としたのは、わざとだ。そうやってびっくりさせようとしたのだ。だが、若手はこの種の小細工に時間をとられすぎることにいらだちを覚えはじめていて、オナーテもそのことに気がついたみたいだった。

「では、本題に入ろう、ガス」と、これまで以上にぞんざいな口調で言った。「われわれはきみに大金を託している。でも、きみがその金を適切に運用しているとは思えない」

ペリーノは肩をすくめた。「どうしてそんなふうに言えるんだ。何か勘違いをしてるんじゃないのか」

「勘違いしちゃいない」シカゴから来たカルロス・モローニが断じた。「一カ月足らずのうちに、いわゆる自殺者がふたりも出たんだ。ひとつの会社でふたりの幹部が死んだんだぞ。そんなに大きくもない会社でだ。それでなんのさしさわりもないと言うのか。臭いものに蓋をして、何ごともなかったようにやっていけると思うのか」

ペリーノは苦虫を噛みつぶしたような顔で言った。自分はキャリントンの死にもマクブライドの死にも直接的にも間接的にも一切かかわっていない。警察はどちらも自殺として処理することになんの疑問も持っていない。

ロサンゼルスから来た男がせせら笑う。「どうしてそう言い切れる？　捜査報告書でも送られてきたのか？　おれたちにとばっちりが来ないと、どうしてここで断言できるんだ」

「そんなことになる理由がないからだよ」

「どちらも自殺と認定されたとしよう」オナーテは言った。「でも、キャリントンの死はきみになんの責任もないとは言い切れないと思うんだがね」

ペリーノは息を呑んだ。「なんだって？　いったい何が言いたいんだ」

「とぼけちゃいかんな」モローニが言う。「何が言いたいか？　わたしがかわりに答えよう。要するに、もっとまえからあんたに監視をつけるべきだったってことだよ」

みなうなずいて同意した。ペリーノは喉に何かが詰まったような息苦しさを感じた。予想していた以上に旗色は悪い。どうやら何カ月もまえから監視されていたようだ。

「よかろう。たしかにキャリントンはここに来た。自殺するちょっとまえに。でも、そのことは誰にも知られていない」

「われわれは知っていた」

「でも、おれはやつの死になんのかかわりもない。勝手に死んだんだ。やつが家に来たとき、たしかにおれはかっとなった。それで、少しばかり痛めつけてやった。だからどうだっていうんだ」

「もういい」オナーテはだるそうな口調で言った。「それなら、それでかまわない。マクブライドの死についても同様なんだろう。でも、保安官事務所の男はどうなんだ。トーマス・ロードという名前の男だ」

「やつがどうした。おれたちにだまされて恨んでいる。だから、どうだというんだ」

オナーテはやはりだるそうにうなずいた。「つまり、なんの問題もない。われわれの金は安全だ。心配には及ばないってことだな」

「も、もちろん。わかってるはずだ」

「でも、配当はまだない。実質的にゼロだ。当然だろう。出資金だけじゃなく、利益まですべて再投資にまわしてるんだからな」

「その点については了解ずみのはずだ。このまえ買った掘削装置の値段を思いだしてみろ。一基につき二十万ドル強だ。それに備蓄タンクやトラックなんかも――」

「競売にかけたら、どれくらいの額になる？　もちろん売却できるとしての話だが」

ペリーノは顔をしかめた。「競売？　なんの話かよくわからないが、サル」

実際はもちろんわかっていたし、ペリーノがわかっているということはオナーテも先刻承知の上だった。ハイランド社に捜査の手が及ぶかもしれないという可能性を、ペリーノは最初からわかっていたが、連中はここにきてようやく理解しはじめたのだ。ハイランド社はこれまで時間と戦ってきた。とにかく急がなければならない。そのためにこれだけ膨大な金を設備投資に充ててきたのだ。いまそれを売り払ったら、元手のほんの一部しか回収できない。

オナーテは言った。「ハイランド社の純資産は五百万ドル以上ある。われわれはそれを売却してもいいと思っている」

「売却だって！　そんな――」

オナーテはうなずいた。「そう、そんなことはできない。われわれが借りている土地の権利は、かならずしも正当なものじゃない。その問題は、それに付随するものや、そこから派生するもののすべてについてまわる。どんなに値をさげても、どんな馬鹿でも買いはしない」

ペリーノは反論しようとしたが、言葉が出てこないので、仕方なしに両手を広げた。「たしかに、サル、あんたの言うとおりだ。でも、それはまえからわかってたことじゃないか」

「いいや、ちがう。これまではマクブライドもキャリントンも死んじゃいなかった。おかしな死に方をした者はいなかった。それにロードはきみが言っていたような男じゃなかった。あの男は田舎町の間抜けな道化じゃない。頭は切れるし、腹も据わっている。最悪のトラブルメーカーだ。以前なら金で解決できたかもしれないが、いまとなっては……」

オナーテは話の途中で首を振った。ペリーノはそれでもやってみる価値はあるととりあえず言ってみたが、それは口先だけのもので、本気ではなかった。

いまのところ、ロードは自分が有利な立場にあることを理解していない。だが、こちらからなんらかの懐柔策を持ちだせば、それが目を開くきっかけになる可能性はある。そうなったら、目も当てられない。

「でも、そうだな」ペリーノは言った。「やはり懐柔策はとらないでおこう。あまり利口なやり方とは思えない」

「それで?」

「どう思う? やつはひとり者だ。親兄弟も子供もいない。やつがいなくなったら心配の種はなくなる」

それはこの日のペリーノのいちばんの失言だった。サルヴァトーレ・オナーテは眉間に皺を寄せ、信じられないといった顔をした。カルロス・モローニは鼻を鳴らし、嘲るように親指を突きだした。

「いまの言葉を聞いたかい。まるで三流のミステリー作家だ。どうしたらいいかわからないから、全員で溺れ死のうってわけだ」

オナーテはため息をついた。「ばかばかしい。死人がふたりも出ていて、その両方が事件性を疑われている。なのに三人目の死人を出そうというのか。相手はハイランド社ともつながりがあり、保安官補でもあった男なんだぞ。その程度のことしか考えられないなんて――」

「馬鹿はなんにも考えちゃいないってことさ」ロサンゼルスから来た男が言った。そして、それから全員が口々にぺちゃくちゃしゃべりだした。

何をやってもうまくいかない。最初はうまい手だと思ったのに、結果的にはすべてが裏目に出ている。ミセス・マクブライドは疑念を隠そうともしない。ロードは復讐を誓っている。ハイランド社の世評は地に落ちた。四方から危険が迫ってきている。何もかも明るみに出て、投資した金のすべてが失われるかもしれないのだ。会社は最初から大きなリスクを負ってきたし、いまも負っている。なのに、まだなんの見返りも得られていない。少しでも利益が出れば、その金はすべて新しい試掘井に注ぎこんだ。あの土地にはすでに七万ドルを注ぎこみ、そこにさらに掘削機材の費用が上乗せされるのだ。

「先日の地質調査報告によれば」と、オナーテが厳しい口調で言った。「そもそもあの土地に石油はない。金をドブに捨てたようなものだ」

ペリーノは一瞬怒りを覚えたが、すぐにしゅんとなった。連中にはチェックする権利がある。としたら、試掘井をチェックするのは当然のことだ。ごまかしや不正、背任や失態がどこに隠れているかわからない。連中のやることは徹底している。充分な証拠を手に入れてからでなければ行動を起こさない。

オナーテは言った。「どうだ、ガス。ご感想は?」

ペリーノは返事に窮し、ゆっくりと葉巻に火をつけ、ゆっくりとマッチの火を吹き消した。

「どうなんだ」と、今度はモローニが言った。「まだ何か言うことがあるのか」

ペリーノは冷ややかな視線をかえし、ゆっくりと葉巻を吸い、煙をモローニに吹きかけた。

「言うべきことはある。聞きたいのか。それとも、まだおれをこきおろし足りないか」

「話を聞こうじゃないか」

ペリーノは話した。ロードを殺そうなどとは最初から思っちゃいない。さっき言ったのは、文字どおり〝やつがいなくなったら〟という意味で、それ以上のものではない。甘言で釣って町から出ていかせるとか、ぬれぎぬを着せるとか、ビッグ・サンドにいる協力者の手を借りれば、それくらいは簡単にできる。

「協力者？」モローニは吐き捨てるように言った。「商売女の呼び名にしてはしゃれてるじゃないか。五百万ドルだぞ。それをどっちの味方かもわからん商売女に委ねるとはな」

「やめろ、カルロス」オナーテがやんわりと口をはさんだ。「商売女は役に立つ……すぐに片をつけられるか、ガス？」

「もちろん」

「わかった。だったらそれでいい」

ほどなくその場はお開きになった。客人たちが去ったあと、ペリーノはキッチンでコーヒーを飲みながら、むずかしい顔で宙を見つめていた。実際のところ、ロードを首尾よく厄介払いできるかどうかはわからない。さっきは思いついたことを口にしただけで、約束したのはそうせざるをえなかったからだ。時間に余裕があれば、後腐れのないよう穏便にことを進めることもできただろう。だが、いまは急を要している。なんの下準備もなしに、早急に手を打たなければならない。そのようなやっつけ仕事がうまくいくことはめったにない。

考えているうちに、先ほど受けた辱《はずかし》めや恫喝を思いだし、ペリーノの丸い顔は怒りのせいで赤紫色になった。リスクがあることは最初から承知していたはずだ。その点は何度も確認しておいたはずだ。今回の借地契約には重大な問題点があるので、急いで石油を掘りだして売り払わないと、あとで面倒なことになるかもしれない。そういったことは全員が最初からわかっていたはずだ。なのに、それがいざ現実のものになりかけると、こっちにはなんの落ち度もないのに……

ひどすぎる。ふざけやがって。今夜の集まりのまえに、何もかも決まっていたのだ。自分の知らないところで、ハイランド社の新社長に経理部の男が選ばれ、同じように自分の知らないところで、新しい現場責任者が雇い入れられていた。端的に言えば、オーガスト・ペリーノはハイランド社内での権限のすべてを失ったということだ。責任はいまも重いのに――全責任を自分ひとりでかぶっているのに、権限は何もない。

見ていろよ。ペリーノは沈黙のうちに怒りを煮えたぎらせた。見ていろよ。かならず返り咲いてみせる。やつらを地面に這いつくばらせてやる。

抜け目のなさという点では、こちらも負けてはいない。敵に知られたら致命傷になるような秘密を探りだすのは、そんなにむずかしいことではない。今回の失敗の穴を埋めたら、すぐにでも……

視線がゆっくり天井のほうへあがっていき、同時に思案もそこへ移っていった――二階の寝室、月光に照らされてベッドに横たわっている妻。愛くるしい笑顔。豊満で、感じやすい身体。結婚したのは、そのほうが何かと都合がいいからであり、通常ならそんなに強くない絆を強固なものにする手段であるからだ。実際のところ、この結婚によって、困ったときに救われたことは何度もある。これまでは結婚の恩恵を受けるのは主として自分だと思っていた。でも、いまはよくわからない。

どっちなのか。そうなのか、そうでないのか。

ペリーノは肩をすくめて立ちあがり、重い足取りで階段をあがっていった。真実を追求しても失うものはない。ロードの一件をうまく処理できたら、ほかのことはどうなってもいい。うまく処理できなかったとしても、同じことだ。とどのつまり、彼女は単なる同郷者以上のものではなく、そのような女は掃いて捨てるくらいいる。

部屋に入ると、ミセス・ペリーノは目を覚まし、微笑みを浮かべて、ベッドの奥へ少し身体をずらした。ペリーノがその横に腰をおろして、ナイトガウンを脱がせにかかると、すぐさまそれに応じた。手に乳房が跳びこんでくる。愛撫は最初は優しかったが、次第に恐ろしいほど手荒なものになっていった。

「今日は楽しかったかい。身内に会えて嬉しかったかい」

「えっ?」何を言ったかわかっていない。あるいは、わかっていないように見える。「なんてったの、ゴシー?」

ペリーノは微笑みかけ、それからとつぜん乳房に指を食いこませた。静脈が浮きあがった肉が指のあいだに盛りあがり、ミセス・ペリーノは痛みと快感のあいだで身をくねらせた。

「お、おねがい、ゴシー。もすこし、あなた、やさしく。やさしい、すき。つよいのは——ゴシー！」

「言葉が通じないってことか。はあ。おれとは話せないってことか。伯父のサルや従兄のカルロスとは話せるのに。なんでも話せるのに」

身体がよじれ、息を呑む音が漏れる。「お、おねがい、ゴシー……ど、どうして——」

ペリーノは乳房をひねりあげ、そして言った。わからなかったら見当をつけろ。いまからそうするんだ。

「おれは本気で言ってるんだぞ！　そうやってわけがわからないふりを続けるのなら、ふたつとももぎとってやる」

「で、でも、わたし、なんにも……なんにも——」

「よかろう。もぎとったあと、また出てきたらいいんだが」

叫びに近いうめき声があがり、身体がベッドの上で跳ねあがり、そして倒れこんだ。まぶたがひくひくし、ゆっくり閉じる。唇は動いているが、声は聞こえない。

「目をあけろ」ペリーノは言って、身を乗りだした。「さあ、話を——」

次の瞬間には、はじかれたように身体を起こして、顔にかかった唾を拭っていた。

ミセス・ペリーノの口もとには、いつもの愛くるしい笑みのかわりに、憎々しげなこわばりがあった。その目には、いつものおどおどとした虚ろさのかわりに、ぎらぎらとした嫌悪の色があった。

右手の親指を第一関節まで口にくわえ、それを急に引き抜いて振ってみせる。言葉は発しなかった。発する必要はない。

無言のうちに、真実が告げられた。

ペリーノは言った。「おれはこれから町を出る。荷物をまとめたらすぐに出発する。そのことを連中に伝えたければ、伝えるがいい。おれはなんにも気にしちゃいない」

「あんたを殺せって言ってやる！」

「言っても、そんなことはしないさ。少なくともおまえのためにはな」ペリーノは自明のことのようにさらりと言い、その効果のほどを見極めてから、何食わぬ顔でうなずいた。「やつらはおまえを必要としていた。だが、いまはちがう。夫を裏切るような女には、おれと同じくらいの嫌悪感を覚えているはずだ」

これだけ言えばもうわかったはずだ。これからはいやでも夫にしがみつくしかない。夫のほかにすがれる者はいないのだから。身内の者からそんなふうに思われるなんて、心外であり、あるまじきことだが、それが現実なのだ。裏切りにはかならず裏切りという報いがある。

「ゴシー」口もとに作り笑いが浮かぶ。「仕方なかったのよ、ゴシー。わたし、だまされたの。あんたのためだと言われて」

「さあ、どうかな。その話は帰ってからだ。いや、帰ったら、ちょっとしたパーティを開いてもいい。そう、パーティだ。ふたりだけの」

「それ、いいかも、ゴシー」ミセス・ペリーノは嬉しそうに夫の手を握ろうとしたが、そのまえに引っこめられてしまった。「それ、わたし、とてもたのしみ」

「そりゃ何よりだ。おれが帰ってくるまでに準備をしておけ。塗り薬やら包帯やらを買いこんでおくんだ。きっと必要になるから」

ペリーノは立ちあがって、部屋から出ていき、静かにドアを閉めた。

12

この十分ほどのあいだに十回ほど、トム・ロードはいらだたしげに歩きまわるのをやめ、その場に立ちどまって、腕時計に目をやっていた。昼はとうにすぎ、もう午後のなかばに近い。ジョイスから二度目の電話がかかってきて、好きにすればいいと突き放したときから、もう何時間もたっている。なのに、いまだに何も起こらない。保安官事務所からは誰も訪ねてこない。何もない。

ふらりとキッチンに入り、ぼんやりと窓の外を見やる。シンクで水を一口飲む。それから、なかば上の空で食器棚からバーボンを取りだして、一杯ひっかける。やはり何も考えずに部屋を横切って、冷蔵庫の前へ行き、なかを覗きこむ。そこにある食料品を見て、眉間に皺を寄せ、二階から物音がしないかどうか耳をすます。

「最後に食事をしたのはいつだろう」と、声に出して言う。「空きっ腹にあの注射をうたれたんじゃ……」

そろそろ起こしたほうがいい。何か食べさせたほうがいい。

それとも、別の何かをしたほうがいいか。自分はこれまでずっとトラブルを追い求めてきた。トラブルが起きるのを楽しみにしている。

そういったことを考えると、笑いがこみあげてきた。が、その笑いは急にやんだ。モンスターは胎児のうちに絞殺された。とつぜん湧きあがった烈しい衝動に身震いしながら、バーボンを大きく一飲みする。そして料理に取りかかった。パンをトースターに入れる。牛乳と卵とウィスキーと砂糖をボウルに入れて、ハンドミキサーでかきまぜる。その十分後には、寝室のドアをあけて、椅子の上にトレイを置き、ドナ・マクブライドを起こしていた。

薬は切れかかっていて、普通に眠っていただけだったので、起こすのはそんなにむずかしいことではなかった。背中に枕をあてがい、親しげにウィンクをして、トレイを膝の上に置いてやる。食べろ、とロードは言った。その有無を言わせぬ口調に気おされたように、ドナは聞きわけよく食べはじめた。

トーストはすぐになくなった。こんなにおいしいと思ったことはない、とドナは思った。ミルクのように見えるものを一口すると、その味に小さく眉を寄せたが、気にすることはないと心のなかで肩をすくめただけで、今度は大きく一飲みした。悪くない。けっこういける。味もいいし、気分もよくなる。身体が温まり、ほっこりする。たしかじゃないけど、アルコールが入っているようだ。医者に飲めと言われたものなら、身体にいいものであるのは間違いない。

全部飲みほすと、頬にほのかに赤みがさした。いまにもくすくすと笑いだしそうになる。その衝動は次第に大きくなっていったが、それがなんとか抑えられているのは、普段の慎み深さや生得の生真面目さのせいだ。

「ドクター」ドナはむずかしい顔で言った。「この飲み物にはウィスキーが入ってるわね。たっぷりと」

ロードは驚きと困惑の表情を取り繕った。「ウィスキー？　ウィスキーだって？　そんな馬鹿な話があっていいわけがない」

「やめてちょうだい。嘘ばっかり。もちろんお世話になったことには感謝するわ、ドクター。でも、医師としてこれでいいかっていうと、どうかしら。こんなふうに——こんなふうに看護婦もいないところで……」

ロードは眉を吊りあげた。「看護婦？　ここには看護婦なんていないよ。当然じゃないか。おれは医者じゃないんだから」

「ま、まさか——」ドナは言葉を詰まらせた。自分が薄いナイトガウン姿になっていることが急に気になりだし、着替えをさせたのが目の前の男だと思うと、顔がほてるのがわかった。「でも——でも、さっきそう言ったでしょ」

そうは言っていない。そう考えてもらってかまわないと言っただけだ。

「あなたはいったい誰なの」

「きみが探している男——トム・ロードだよ」

「トム・ロード？」目に怒りの色があらわになる。「どうして最初に教えてくれなかったの」

「理由は訊かなくてもわかるはずだ。それより、何をそんなに怒っているんだい。おれが自分の母親のナイトガウンを着せて、ベッドに寝かしつけた女はそんなに多くない」

ドナは悪態をついた。その怒りが頂点に達しかけたとき、我にかえって、探るような視線をロードに向けた。これはいったいどういうことなのか。どうしてこんなことを言ったり、したりするのか。嘘をつきとおし、医者のふりをしつづけることもできたはずなのに。どうしてこんなふうにひとを怒らせたり辱めるようなことを言ったり、したりするのか。

「ミスター・ロード、もしかしたら、あなた……」

「気はたしかかってことかい」ロードはその問いについてじっくりと考えた。「さあ、どうだろう」少し間があった。「たしかじゃないかもしれない。でないとしたら、何かが起きるのを待つのがいやだっていうだけのことかもしれない」

「待つのがいや？　それって——」

「ああ。待つのはいやだ。でも、積極的に取り組む気力もない。二方向から引っぱられているって感じだ。いや、三方向かもしれないし、四方向かもしれない。そんな状況を気にいっているわけじゃないが、かといって、変えたいとも思っていない。どこが目的地かもわからないまま、そのまわりをぐるぐるまわりつづけている。端っこをうろうろしているだけで、中心には少しも近づけない」

ドナは自分の問題も先ほどまでの怒りも忘れて、じっとロードを見つめていた。それからひとしきりの間を置いて、抗いがたい脱力感に襲われ、いらだたしげに小さく首を振った。これではいけない。ここに来たのは、情報を得るためであり、ベッドに横たわって戯言《たわごと》を聞くためではない。

「ミスター・ロード」ドナは強い口調で言った。「着替えをさせてちょうだい。聞こえてるの、ミスター・ロード?」

ロードの顔に、ぼんやり思案しているような表情はもうなかった。その目には、奇妙なきらきらとした光がある。

ロードは言った。もちろん聞こえている。着替えたいのなら、ご自由に。「でも、どうだろう。ショーツをはくまえに、またうとうとしはじめるんじゃないかな」

「ミスター・ロード! わたしは着替えたいと言ったのよ。部屋から出ていってちょうだい!」

「なんのために? 見ていないものは何もないんだぜ。ベッドに寝かしつけられたあと、何かが急に膨らみはじめたというなら話は別だけど」

ドナは諦めたような目をして、弱々しく枕にもたれかかった。泣きたくもあり、おかしなことに笑いたくもある、そして、とにかく眠い。

「よくもそんなことが言えたわね。夫の友人なのに――」

「おれが? 友人だって?」ロードは言い、それから考えこんだ。「そうか、友人だったのか。誰もそんなふうには思っていなかったけど……」

「主人はそう思っていたわ。なのに、あなたってひとはなんてことを……助けを求めにきたのに、ふざけたり、下品な冗談を言ったり――」

ロードは顔を歪め、だしぬけに床に膝をつくと、ドナを強く抱きしめた。「いや、そうじゃない。そんなつもりじゃなかったんだ。わかるだろ。おれは……おれはちょっと変わってるんだ。

それだけのことだ。よちよち歩きのころからずっと……」

そこで言葉を途切らせた。ドナはうつらうつらしながら無意識のうちにしがみついている。その身体を放したとき、絶望感に近い思いに駆られたが、立ちあがって、ドナを見つめているうちに、少しずつ気持ちが落ち着いてきた。

いつかは決着をつけなければならない。いつかは、ドナが持っている拳銃と向きあわなければならない。でも、いまではない。ありがたいことに、まだそのときではない。ドナは眠りに落ちた。もうひとりの女と同じように、やはり手の届かないところに行ってしまった。やはり手遅れになる直前に。

そのとき、一台の車が私道に入ってきた。おんぼろ車のピストンが立てる音には聞き覚えがある。デイヴ・ブラッドリー保安官がやってきたのだ。

13

ブラッドリーは保安官補を連れてきていた。ひょろ長い身体に、ヘラジカのような顎をしたバック・ハリスだ。トム・ロードは父の診察室でふたりを迎えた。机の上に足をのせ、頭の後ろで手を組みあわせている。

ブラッドリーはわざとらしく渋面をつくっていた。バックはぎこちない笑みを浮かべていた。本当ならここには来たくなかったのだろう。あのイカレ女が言ったようなことをトムがするわけがない、トムがひとを殺せるような冷血漢であるわけがないと考えているのだろう。

保安官が口を開くまえに、バックは言った。「きみが保安官事務所にいなくなって寂しいよ、トム。きみがいないと、別の場所のように思えるくらいだ」

「本当に?」ロードは冷ややかな目を向けた。「いまもそうかい?」

バックはふたたび保安官を遮って言った。もちろん。本当に別の場所になってしまったようだ。

「おれがとっつかまえて留置所にぶちこんだブタ泥棒のことを覚えてるだろ。やつはいま無罪を主張している」

「たぶんそうなんだろうよ」ロードは言った。「盗んだのはあんただとおれは見ている」

バックは曖昧な笑みを浮かべた。「そ、それは……それはシャレにならないぞ、トム。おれがなんのためにブタを盗まなきゃならないんだ」

「金に不自由していたからだ。ここにいるデイヴに全部吸いとられてしまうから。あんた、出っ歯をなおしたいんだろ」

歯のことになると、バックはひどく神経を尖らせ、話をするときにはたいてい口に手をあてる。いまも手は口もとにあり、顔はショックで青ざめ、目には怒りが満ちつつある。ロードは気まずさと心苦しさを感じた。だが、こうするよりほかに方法はない。自分は何かを断ち切った。というか、断ち切られた。そのことをはっきりさせるのは、誰にとってもいちばんいいことなのだ。

「気にすることはない、バック。愚にもつかない戯言だ」ブラッドリーは気むずかしげな顔で言った。「トム・ロード、きみをアーロン・マクブライド殺害の容疑で逮捕する」

「ほう？　おれがやったと誰が言ったんだい」

ブラッドリーは話した。

ロードは首を振った。「そんなふうに言ってやると、おれは脅されていたんだよ。おれにすげなくされたので、その腹いせのつもりだったんだろう。どっちにしても、証人としての価値は高くない」

「きみの意見はどうだっていい。おとなしくしていろ。それとも、ことを荒立てたいってことか」

「そうだな……」ロードは思案顔で口をすぼめた。「後者もアリかな。面白いことになるかもしれない」

ブラッドリーは目をしばたたき、ぽかんと口をあけた。それから頼りなさそうにバックに目を向けた。

バックは四十五口径を抜いた。「たしかに面白いことになるかもしれないな。歩け、トム」

「わかったよ。でも、そのまえにもう一度ミス・レイクウッドに電話をかけたほうがいいんじゃないか。たぶん別の話を聞けると思う」

「本当に？」

「ああ。でないと、あんたは拳銃を口にくわえることになる。その大きな歯で拳銃を嚙みちぎれるのなら話は別だがな」

ロードの口の悪さは重々承知しているが、それでも今回の言いぐさは間違いなく許容範囲を超えている。たとえ保安官にたしなめられたとしても、受けいれることも、我慢することもできない。

バックは机の横をまわってやってきて、素早く拳銃を振りあげた。それが頭に向けて邪悪な弧を描いて振りおろされたとき、ロードはあわてることなく、そこにブーツをはいた足をのばした。バックの手首がブーツに当たる。痛みのあまり、悲鳴に近いうめき声が漏れる。腕は肩までしびれ、指に力が入らない。拳銃が宙を舞う。ロードはやはりあわてることなく、その拳銃をキャッチすると、弾薬を取りだしてから床に投げ捨てた。

「もう一回やってみろ。三回失敗したら、拳銃を口にくわえさせる」

この狂気は計算されたもので、裏には深い読みがある。ジョイスが頭を冷やしてくれるかどうかはわからない。可能性はある。でも、そのためには時間が必要だ。としたら、ここで精いっぱいごねて、少しでも時間を稼いだほうがいい。相手はブラッドリーだから、それはそんなにむずかしいことではない。なにしろ偏屈な男だ。ジョイスに電話をかけろと言うことは、実際には電話をかけるなと言っているということになる。

「どうする、デイヴ……バック」ロードは愉快そうにふたりを交互に見やった。「どうだ。このゲームはこれで打ち切りにしないか」

ブラッドリーは厳しい口調で命じた。言われたとおりにしろ。いますぐに。

バックはぎこちない身のこなしで床から拳銃を拾いあげると、腰の保弾帯から弾薬を抜きとって、薬室に再装塡しはじめた。「打ち切りにはしない。でも、ルールは少々変える」

ロードは大きな声で笑った。ブラッドリーがバックに自重を求める声も、ロードに挑発をやめるように言う声もほとんど聞こえなくなるくらいの大きな声だった。バックは腰をかがめ、左手で拳銃を構えた。ロードは膝を叩きながら身体をふたつに折って笑い、その体勢からとつぜん床を蹴った。

椅子から身体がロケット弾のように跳びだし、肩がバックのブーツの上端にぶつかる。バックは脚を払われて、拳銃が身体が床に叩きつけられ、ふたたび手から離れる。

ブラッドリーはバックを引っぱり起こし、それから素早く拳銃を拾った。

「よかろう。電話をかけてみよう」ブラッドリーはいらだたしげに言い、拳銃をロードとバックのふたりに交互に向けた。「電話中に騒ぎを起こすんじゃないぞ。この場のボスは誰かわかってるな……もしもし、ミス・レイクウッド？　デイヴ・ブラッドリーだ。いまトム・ロードの家に来ているんだが——」

ブラッドリーは言葉を途切らせ、相手の話に耳を傾けた。その顔には、苦々しげだが、あきらかにほっとしたような表情が浮かんでいた。「冗談じゃない！　いったいどうして——」

ふたたび沈黙があり、強い口調で必死に言いわけをする声が電話の向こうから聞こえてきた。しばらくして息つぎのために言葉が途切れたとき、ブラッドリーはしかつめらしく色をなしてみせた。「このまえのが嘘だったのか、いまのが嘘なのか、どっちかはわからん。どっちにしても言語道断だ。なんなら、しょっぴいて、裁判にかけてもいいんだが……まあいい。今回は大目に見よう。これからはこんなことがないよう気をつけるんだぞ」

そして、受話器を叩きつけるように置いた。

それから、頭を傾けてバックに合図をし、ドアのほうに歩きはじめた。バックはよろめき、血のあとを点々と残しながら、そのあとに続いた。

ブラッドリーは外へ出ていった。バックは戸口で立ちどまり、ゆっくりと振り向いた。拷問にかけられた子犬のように見える。恐水病にかかった野良犬のようにも見える。細やかな神経の持ち主なだけに、友情を踏みにじられ、信頼を裏切られただけで、世のなかのありとあらゆるものがおぞましく見えるにちがいない。

ロードはバックと目をあわせることができなかった。目をそらしたまま、頭のなかでまたトム・ロード対トム・ロードの果てしのない訴訟を提起した。トム・ロードの見るところでは、もうひとりのトム・ロードはとんでもない嘘つきだ。ろくでもないことばかりするのは、必要に迫られてでも衝動に駆られてでもなく、ただ単に本人がろくでなしだからだ。そうではないという自己弁護の数々は、まったくの戯言でしかない。先ほどの振るまいに弁解の余地はない。あれは単なる気まぐれであり、こんなことになったのは、哀れなバック・ハリスがたまたまそこにいあわせたからにすぎない。

そのひどい顔から目をそむけたまま、ロードは言った。「すまなかったな、バック。郡庁舎の階段で擦れちがったとき、拳銃の台尻でおれを殴りたかったら、そうしていいぞ」

突きでた上唇を血が伝い、歯に垂れている。バックはそれをシャツの袖で拭い、そこに付いた血のあとを黙って見つめた。それから、礼儀正しいと思えるくらいの会釈をし、振り向いて、立ち去った。

ロードは疲労感を覚えて、ため息をついた。上の空で葉巻に火をつけて喫っているうちに、いつのまにか自分の外に出て、机の前にいる男のことを好奇の目で観察していた。

まったくの赤の他人のように見えなくもない。話すこともちがう。することもちがう。ちがわないのは、内面で起こっていることだけだ。だが、それこそが何より大事なものであり、本腰を入れて何かにとりかかるとき、ただひとつの大事なものだ。それは心の奥にあり、表面に現われてはいない。そのせいで、ひとは愛したり、憎んだり、命を断ったり、あるいは殺したりする。だが、そのことに気づく者はいない。その動きを読みとり、結果を予測することは誰にもできない。本人自身ももちろん例外ではない。その仕組みはあまりにも複雑で、その動きはあまりにもめまぐるしすぎる。

自分の人生がこのような矛盾を呈していることが、その所業のほとんどすべてを正当化していると考えるのは当然のことだろう。おかげでこれまでさんざんな目にあってきたのだ。自分は〝丸い穴に四角い杭〟の典型例で、ほかの者には許されないことでも、自分には許される。少なくとも、自分ではそう思っている。でも、本当にそうなのか。そんなふうに考えるのは、ひとりよがりの浅はかな了見ではないのか。ひとはさまざまだが、基本的なところはみな同じだ。ひとが歩む道はそれぞれ別だが、みな並行している。誰もが糞ったれであり、誰もが天使であり、かつ誰もがその両方なのだ。誰だって道を完全に踏みちがえることはない。最悪の場合でも、貧乏くじを引かされる確率は五十パーセントにとどまる。いずれにせよ、いまはその確率に賭けるしかない。

トム・ロードは意を決して立ちあがった。

行かなければならない。ここから出ていかなければならない。避難しなければ、潮位はさらに高くなる。いまでもすでに呑みこまれかけているのだ。ここからどこかへ――自分がいるところから自分がいないところへ。河岸《かし》を変えるとしたら、当然もうひとりのトム・ロードも連れていかなければならない。

トム・ロードはトム・ロードといっしょに立ち去らなければならない。理屈はあとまわしだ。立ち去るまえにしなければならないことは多い。運命のときまで、時間はいくらもない。

ドナ・マクブライドは静かに眠っている。放っておいたら、何時間も眠りつづけるだろう。脈拍を測り、心拍を測る。そっとまぶたをあげ、そっと離す。問題はない。どこも悪いところはない。眠れば治る。

家を出たのは夜の十二時ごろだった。そこから六ブロックほど離れた古い商店街に近づいたとき、ロードは街路灯の下でわざと車をエンストさせた。

その場所は慎重に選ばれていた。後方一ブロック半のあいだに家は一軒もなく、商店街から少し離れているので、そこに車をとめる者はいない。後ろから来る車は条例で定められた時速十五マイルでゆっくり走っていた。そこは交差点の手前で直進車線が狭くなっていたので、すぐ近くを追い越すことになり、運転している男の顔をちらっと見ることができた。

見ていないふりをして見ていると、車はドラッグストアの前で向きを変えて、そこの駐車場に入った。そのあと二分か三分車をなおしているふりをしてから、ロードはボンネットを閉め、車を出した。

ドラッグストアから一ブロックも行かないうちに、先ほどの車が急に駐車場からバックで出てきて、先ほどの男が一瞬窓の外に頭を突きだした。車はしかるべき距離を置いて、また尾《つ》けてきはじめた。そのとき、記憶がよみがえり、頭のなかでベルが鳴った。

あれは夢ではなかった。ジョイスの家には男がいた。それがいま後ろにいる男だ。何をしようとしているのか知らないが、その男がジョイスの家にいたというのは悪い兆候と考えなければならない。

ジョイスはもう〝仕事〟をしていないのに、金には不自由していないように見える。そして、あの男は町の住人ではないのに、ジョイスを知っていた。

ジョイスはふたりで町を出ることを望んでいた。ジョイスにとって、それはひじょうに重要なことのように思えた。あの男にとって、自分が重要な人物であることはあきらかだ。

胸の鼓動が速まった。頭の淀みは消え、目にはきらきらした光が宿っている。これはいったいどういうことなのか？ あの悪党面にはどことなく見覚えが——

〝悪党面〟という言葉が引き金になった。ふたたび記憶がよみがえり、大当たりを知らせるベルが鳴った。

石油ブームが押し寄せてきはじめたとき、ロードはギャングが町に流れこんでくる可能性を指摘し、身元確認用の個人情報ファイルを作成することをブラッドリーに認めさせた。だが、そのための予算はつかなかった。納税者は〝余計なこと〟に税金を投入することを許さない。ブラッドリーは部下が積極的に言いだしたことに対してつねに懐疑的であるということもあった。仕事を手伝いたいと申しでたのはバック・ハリスひとりだけだったが、種馬の乳首と同様なんの役にも立たないことは最初からわかっていた。だから、せっかくの申し出を断わり、できることやしなければならないことを全部ひとりでやった。結果は当然ながらかならずしも満足のいくものではなかった。ひとりの人間の能力にはおのずと限界があり、ほかの警察組織はたびたびの問いあわせや協力の要請にあまり協力的ではなかった。それでも、なんとか格好は整い、札つきの犯罪者のリストに関してはまずまずのものができあがった。そのリストに載っていたのが、いまあとを尾けてきている男だ。

オーガスト・ペリーノ（太っちょガス・パルキーニ、あるいはブーちゃんのオーギー）。十八回の逮捕歴。うち有罪判決一回、懲役六カ月。容疑——殺人、ゆすり、麻薬、売春幇助。現在は犯罪行為にはかかわっていないと思われる。交友関係——サルヴァトーレ・オナーテ、カルロス・モローニ、ヴィクトル・アングレース等。

別のベルが鳴りはじめた。今夜はあちこちでベルが鳴る。ハイウェイに入り、そして降りたときにも、まだ尾けられていたので、なんとなく愉快な気分になった。

ハイランド社とギャング。ハイランド社とオーガスト・ペリーノ。

マクブライドは死んだ。つづいてハイランドの社長も死んだ。なんという名前だったか？　ハリントン？　一カ月もたたないうちに、ふたりの男が非業の死をとげた。そして、ジョイスは自分を町から出ていかせようと躍起になっていた。おそらくペリーノに脅されて。そして、いまはそのペリーノに尾けられている。

それで？

ロードは肩をすくめた。まだ全体像はつかめていない。ぼやけた輪郭だけだ。それでも、視界はずいぶん明るくなった。

つまりこういうことだ。トム・ロードはなんらかの理由で排除されなければならない。みずから進んで道をあけようとはしないだろうから、無理やり道をあけさせなければならない。かといって、死なせるわけにはいかない。少なくとも、殺すわけにはいかない（でなければ、とうの昔に殺されていただろう）。でも、表舞台からなんとかして退かせなければならない。だが、ペリーノはどうやってそれを実現させようとしているのか、何をたくらんでいるのかは、謎だ。

ロードは法定速度で車を運転しながら、ときおりバックミラーを見ては苦々しげに笑った。車間距離はずっと四分の一マイルほどに保たれている。ときどきヘッドライトを消し、数分間にわたって無灯火のまま走っている。車が脇道にそれ、しばらくしてから、別の車が後ろに来たと思わせようとしているのだろう。

「利口なつもりでいるようだな」ロードは笑いながらひとりごちた。「話す機会があれば、おれのことを少しは学ばせてやろう」

いつのまにか二時間が過ぎた。月明かりの下、車はアーロン・マクブライドが死んだ試掘井の横を通りすぎた。試掘井は見えなかったが、それが右側の薄ぼんやりとした闇のなかにあることはわかる。口もとから笑みが消え、ロードは急に夜の寒さを感じた。

ヒーターのスイッチを入れる。

葉巻に火をつけ、グローヴボックスから半パイントのボトルを取りだして飲む。そして、思案顔でバックミラーを覗きこむ。

いまここでペリーノを出し抜くのはわけもない。都会でどんなに幅をきかせていたかは知らないが、ここではつまずかずに歩くこともできないはずだ。罠を仕掛けたら、自分から勝手に跳びこんでいくにちがいない。それでも……

ロードはためらい、それから苦々しげに首を振った。いや、ここはもうペリーノのしたいようにさせたほうがいい。お手並み拝見というわけだ。

試掘井を越えて十マイルほど行ったところで、車の速度を落とし、懐中電灯を取りだしてつけた。黄色い光がボールのように草地を跳ね、ウズラの列を恐怖に陥れ、大きな野ウサギの丸い緑色の目に反射する。その前で、コヨーテが身をかがめ、うなり声をあげている。ガラガラヘビが巣穴から鎌首をもたげている。その先に、生い茂る草になかば覆い隠されている二本の轍《わだち》があった。そこに車を入れる。

道路から一マイルほど離れたところに、細長く低い小屋があった。部屋数はひとつで、奥に差しかけ屋根がついている。誰が建てたのかはわからない。西部開拓時代に干ばつの被害から逃れてきた入植者かもしれない。新参の移民のなかには、愚かにもこの地で農業を営もうとした者が大勢いる。でなかったら、その昔、畜産家の住まいとして使われていたものかもしれない。メキシコ人が言うように、キエン・サベ——誰が知るか。このヤマヨモギの茂みに覆いつくされた砂《すな》地《ち》には、寄せ布でつくったクレージーキルトのような謎が満ち満ちている。そのひとつをたどったら、すぐに別の一ダースの謎に突きあたる。

この小屋を見つけたのは、もう何年もまえのことで、ロードが子供から大人になる間際のことだった。それ以来、少しずつ手を入れ、そこを快適な避難所につくりかえてきた。そういう場所が必要だった。つねに必要だった。人里離れた寂しいところだが、そこにいると孤立感を癒すことができる。深い淀みから抜けだして、対岸の安全なところへ這いあがることができる。

建物の外側は未塗装のままで、風雨にさらされた木材は背景の一部になっている。道路からは、その前を百回走っても、小屋を見ることはできない。その存在を知っているのは、ごく少数の友人だけだ。誰も訪ねてこないし、もちろん誰も招かれることはない。

普段なら、車は差しかけ屋根の下にとめる。だが、この日は小屋の前にとめ、ペリーノが目をとめるようにヘッドライトはつけたままにしておいた。

小屋のなかに入り、ランプに火をつける。わざとゆっくり動き、ヘッドライトの前で何度も立ちどまりながら、荷物を小屋に運びこむ。

量にすると、腕にかかえて数往復分。それがすむと、ヘッドライトを消し、小屋に入り、大きな音を立ててドアを閉める。

グラスに酒を注ぎ、また葉巻に火をつける。半分まで喫うと、足で踏み消す。それから、ランプの火を消して、耳をすます。困惑が顔に広がっていく。

ペリーノの車は、道ばたの茂みのせいで見えないが、一マイル以上離れたところにとまっているにちがいない。先ほどエンジンを切る音が冷たい空気を伝わって聞こえてきた。ふたたび車を発進させる音はまだ聞こえてこない。

いったい何をしているのか。こんな暗がりのなかで、どんなできることがあるというのか。目がきかないので、小屋がどこにあるのかまだよくわかっていないのか。

尾行の下手くそぶりからして、たぶんそのように判断していいのだろう。ドジな男だと自分が思ったとすれば、そうでないと思う者は誰もいないだろう。

小屋の裏手の窓には、引きあげ式の鎧戸がついている。それをそっとあげて、窓を通り抜け、小屋の隅に這っていく。

思ったとおりだった。ペリーノは車を降り、轍《わだち》の道を歩いていた。そこまでの距離は二、三百ヤードあるが、白いシャツははっきり見える。それにしても白いシャツとは！

ロードは少しためらい、それから思いきって小屋から離れた。こっちの姿を見られていないのは間違いない。ペリーノはなおも歩きつづけている。じっと見ていると、小屋まであと百ヤードあまりのところまで来た。それで充分だった。そこまで来て、ようやく道路から見えたものが何なのかわかったみたいだった。

ペリーノは振り向き、轍の道をとってかえしはじめた。ロードはほくそ笑み、ひとつかみの小石を手に取って、あとを追いかけた。中腰になり身を低くして、ヤマヨモギの黒っぽい緑の茂みを縫って、小走りで静かに進む。しばらく行ったところで轍の道からそれ、ペリーノの横に出ると、そこで立ちどまり、茂みの後ろに腰をかがめる。葉のあいだから様子をうかがいながら、石を放り投げる。

ペリーノは跳びあがって後ろを向いた。一瞬立ちすくみ、それからまた歩きだす。ロードは併走して歩いた。

二個目の石はペリーノの手前に落ち、三個目と四個目は左側と右側に落ちた。そのたびに、ペリーノはびくっとしてジグを踊り、そのたびに歩調は速まっていった。

石は見えないように投げたので、びっくりするが、ペリーノはその音をこの地に特有の不気味な自然現象だと思ったにちがいない。あくまで自然現象だ。怯えて逃げだし、永遠に戻ってこないということはない。ちょっとびびらせてやっただけだ。それ以上のものは望んでいない。

ロードは頬を緩め、ペリーノは神経を擦り減らすというだけのことだ。

ペリーノは大急ぎで車に乗りこみ、走り去った。ロードは小屋に引きかえした。

夜こんなところで追いかけっこをするのはどうかと思う。それは蛇に嚙んでくれと頼むようなものだ。間違っても利口とはいえない。それは事実だ。でも、面白い。

「跳んだり撥ねたりの大熱演だ」ロードはひとりごちた。「堪能させてもらった。再会が待ちどおしいよ」

ロードはにやりと笑い、暗がりのなかで歯が白く光った。

この数日間なかった元気が戻ってきた。ドナ・マクブライドは大急ぎでシャワーを浴びながら、バスルームのドアが開く音が聞こえないかどうか耳をすましていた。ドアには鍵もラッチもついていないので、ノブの下に椅子を置いていたが、それでも気が気でない。ロードが夫の友人かどうかはわからない。だが、ひとを神経質にさせる男であるのは間違いのないところだ。どんなことでも自分の好きなようにする。さっきもそうで、好きなようにされ、ひどい辱めを受けた。

タオルで身体を拭くと、水ですすいで、バスタブのへりにかける。急いで下着とスリップを身に着け、スカートを履き、ワンピースを頭からかぶって着る。着ているものの枚数が増えるにつれて、自信と自尊心が増していくような気がする。すべて着終えると、ようやくトム・ロードと対等になれたように感じた。いまなら、トム・ロードが六、七人いても対処できる。

ロードには世話になったが、それは押しつけられたものであり、ありがた迷惑に近い。だから、それに対して恩を感じなければならないとは思わない。もちろん礼は言うし、謝礼を支払う用意もある。けれども、戯言《たわごと》に付きあうつもりはない。押し問答をするつもりもない。

ロードは夫の死にまつわる謎の答えを知っている。間違いなく知っている。少なくとも、言うことが何もないなどということはありえない。それを話させる。質問に答えさせる。それから、用をすませる。

ベッドを整え、ネグリジェを枕の向こうに置く。だが、指はそこにとどまったまま動かない。顔が赤らむ。それから、はじかれたように手を引き、自分の服にこすりつける。ドアから椅子を離し、部屋を横切って、ドレッサーの前に行く。そこからハンドバッグを取ろうとしたとき、その下に書き置きが残っていることに気づいた。一枚の紙にわざと稚拙にした文章が綴られていた。

読んでいるうちに、顔が徐々に焼きたての煉瓦のような色になっていく。

つきそってやれなくてスマン。この次あうときは、もっとじっくり拝ませてもらうよ（笑）。ハラがへってるなら、なんでもご自由に。お持ちかえりもオーケー。きみはもうちょいお肉をつけたほうがいい。そしたら、もうちょい性格もよくなる。あと、ホクロはあまりいじくりまわさないようにネ。そう。きみの右の――

そのあと、文字を横線で消したあとがいくつかあった。〝胸〟あるいは〝乳房〟と書こうとしたが、スペルがわからなかったらしく、というより、わからなかったふりをして、その部分の小さな絵を描き、R（右）と記して、ホクロの位置を示していた。

――の下にあるちっちゃなホクロのことだ。いじくりまわしたら、バイキンがはいる。それにしても、あのホクロ、かわいらしかったなあ。きみもそうであればいいんだけどなあ……

サインはない。その箇所には、ひとりの男がスーツケースを持った女に手を振っている絵が描かれている。男はもちろんロードで、間抜け面で笑っている。女はあきらかにドナ・マクブライドで、滑稽なくらい野暮ったく見える。ロシアのシャコー帽、耳あて、防寒用のオーバーシューズ、毛布サイズのマフラー、毛皮の大きな手袋。着ぶくれのせいで、身体の横幅は身長とほとんど変わらない。

ドナは書き置きを丸めて、床に投げつけた。それから、なんとか思いなおしてそれを拾いあげ、あらためて見つめた。顔がさらに赤くなる。無意識のうちに手が身体をなぞり、重ね着した服の厚みを調べている。見たくないという思いと裏腹に目が鏡に行く。

自分は本当にこの絵の女のように見えるのか。自分の実際の身づくろいと、あのおふざけ男が描いた服装とのあいだに、どれほどの類似点があるのか。

いいや。そのような問いに答えを出す価値はない。たかが知れたことであり、興味を持つほどのものではない。自分は品性と自尊心を備えた女であり、他人にもそのように見えているはずだ。そこに滑稽さを見てとられているとすれば、それは――それは――

ふたたび書き置きを床に投げ捨て、今度はそれを踏みつけた。それからロードがどこかに隠れていないかどうかたしかめてから、家を出た。

まだ朝の早い時間だったが、この町の住民は早起きで、保安官も保安官補もすでに勤務についていた。オフィスの戸口に立って、厳しい目で周囲を見まわしていると、そこにいた数人の保安官補は素知らぬ顔でさりげなく席を立ち、ひとりまたひとりと隣の部屋へ入っていった。ドナは保安官に鋭い視線を向けた。すると、驚いたことに、待ちかねていたというような微笑みがかえってきた。

「おはよう、マクブライドさん。今朝は一段とおきれいだ。おかけください」

「えっ？　なんでまた……ええ、わかりました……」ドナは保安官の態度の変化を訝しく思いながら、おずおずと腰をおろした。「ありがとうございます、ブラッドリー保安官」

背筋をのばし、手を膝の上で重ね、脚をぴたりと合わせ、ワンピースの裾をくるぶしが隠れるまで引っぱる。高齢者の悪気のない特権で、ブラッドリーは頭のてっぺんから爪先までじろじろ見つめ、それからおだてあげた。

「あなたは本物のレディだ、マクブライドさん。昨日は無礼なことをしてすまなかったね」

「いいんです。それより――」

「そうとも。あなたは正真正銘のレディだ、マクブライドさん。そうじゃないとは誰にも言わせない。そこいらへんで遊びまわっている厚化粧にボブカットの小娘とはわけがちがう。口は悪いわ、スカートは短いわ。どういう意味かわかりますね、マクブライドさん。もしわしがそんな娘の父親だったら、小枝を鞭がわりにして……」

話はとめどもなく続き、ドナは何度か口をはさもうとしたが、結局は諦めて沈黙を守った。年をとっているというのは尊敬に値することだ。ときおり声をかすれさせたり、うわずらせたり、呆けたりする者には、敬意を払うだけでは足りず、親切にしたり、持ちあげたり、辛抱したり、要するに、本人がつねに必要としているのにしばしば拒絶されていることすべてをしてやらなければならない。

とめどもない話はようやく終わった。ブラッドリーは大きなため息をついて現実に戻った。

「さて、えーっと……なんだっけな」

「トム・ロードです、保安官。どこにいるのか教えてください」

「家にはいなかったんですか。丘の上の大きな屋敷です。診療所の表札がかかっている」

「いいえ、家にはいませんでした」

「ははーん」ブラッドリーは顎を撫でながら言った。「ということは、しばらく町を離れたほうが身のためだと思ったのかもしれんな」

ドナは眉を寄せた。「えっ？　どういうことかよくわかりませんが、保安官」

ブラッドリーはこくりとうなずいた。「そりゃそうでしょう。まだ何も言ってないんだから。あの男があなたのような素敵なレディを避けているとは思えない」

「でも、保安官、わたしは……」ドナは言葉を途切らせ、ブラッドリーのにやけ顔に微笑をかえそうとした。相手はあきらかに逃げを打っている。肝心なことは何も言うつもりがないということだろう。言うとすれば、それはすでに知っていることに限られるはずだ。ドナは微笑んだ。

「ええ。あなたはまだ何も言っていません、保安官。でも、おたがいにわかりあっているかどうかをたしかめるために、言えないことを言ってもらったほうがいいと思うんです」

「いまそうしようと思っていたところだよ、マクブライドさん」ブラッドリーは甲高い声で笑った。「たとえば、そのハンドバッグのなかに何が入っているのかとか。そういったことは何も言わない。わしのような年寄りが一マイル離れたところで、それを使ったことを知ったとしてもね。そのあと、それをどこかに落っことして、なくしてしまったとしても。あるいは……」

最初のうちは聞いていても、拳銃とトム・ロードとのあいだにどんな関係があるのかわからなかったが、ある時点で、真実らしきものの姿が徐々に浮かびあがってきて、ぞっとするような思いと奇妙な虚しさを感じた。ロードはひとを侮辱したり、いらいらさせたりするが、ひとを殺すようなことをするとは思えない。ひどく無礼であったのはたしかだが、とにもかくにも手厚く、そして手際よく介抱してくれた。いまにして思えば、あのときは身体の具合がとんでもなく悪かった。おそらく危険な状態ですらあった。それをロードが――

息を大きく吸いこむ。そんなことは気にしなくていい。あの男は――トム・ロードは夫を殺した。ブラッドリーもそう思っている。そして、自分がトム・ロードを殺そうとしていると考えている。

図星だ！

でも……

「ブラッドリー保安官、いったいどうして……どうしてロードを裁判にかけ、有罪にできないのですか」

「できるとしたら、ロードはいま外を自由に歩きまわっていないでしょう。証拠は何もない。本当だ」

「でも、あなたは確信している。そのことになんの疑いも持っていない」

「ええ、たしかに」ブラッドリーは探るような目をドナに向けた。「あなたは？」

同じだ、とドナは即答した。ブラッドリーに訊いたのは自分の意見をたしかめたかったからにすぎない。

「ロードはいまどこにいるんです、ブラッドリー保安官」

「いいですか、マダム」ブラッドリーはゆっくり大きく首を振った。「答えられないことはわかっているはずです。あなたには心から同情する。でも、あなたが法の力を借りずに制裁を加えることに手を貸すわけにはいかない。そんな危険をおかすわけにはいかないんだよ」

「お願い。あなたがわたしに言ったことを知る者はいません」

「わし以外にはね」目にかすかな冷たさが宿った。「でも、本当だ。ロードがどこにいるか本当に知らないんだよ。いまは勘以外に頼れるものは何もない」

「でも――」

「忘れたほうがいい。ロードのことはわれわれにまかせておきなさい。なんらかのかたちで、けじめはつけさせるつもりだ」

ブラッドリーは礼儀正しく、だがそっけなくうなずいて、机のほうを向いた。それで打ち切りということだ。もう何も答えてはくれないだろう。

ドナは部屋から廊下に出て、階段のほうへ歩きはじめた。その先で、背の高い痩せた男が水飲み器から顔をあげた。保安官補のひとりで、ガンベルトには銃弾がさしこまれ、真珠層のグリップ・パネルがついた拳銃がさがっている。目には痣ができ、鼻はひしゃげ、突きでた唇には切り傷がある。

ドナがそっちへ向かっていくと、保安官補は首をすぼめて、口もとを手で覆った。

「わたしの夫はトム・ロードに殺されたんです。あなたはそのことを知ってるはずだし、トム・ロードがどこにいるかも知ってるはずよ。お願いだから教えてちょうだい」

「お教えできればいいんですが、マダム」首はすぼまり、手は上にあがったままだ。「申しわけありません」

「それって、ちょっとひどくない？　あなたたちは何も調べないんでしょ。だったら、せめてわたしを助けるくらいのことはしてくれてもいいんじゃない」

「ロードのことはわれわれにまかせてください、マダム。けじめはつけさせるつもりです」

保安官補はドナの脇を通り抜けて、保安官のオフィスに向かった。ドナは思案顔で眉を寄せ、階段をおりはじめた。

〃ロードのことはわれわれにまかせてくれ。けじめはつけさせるつもりだ〃

あの男はブラッドリーと同じことを言った。小さな違いはあるが、基本的には同じだ。どちらも向こうから積極的に申しでてくれたので、それは信用のおける約束のように思えなくもない。でも、もしそれが本心からのもので、口先だけの戯言でないとしたら、なぜ誠意のあかしを示そうとしなかったのか。いつどのようにけじめをつけさせるのか、なんの言及もなかったのか。自分はいちばんの当事者なのだ。それくらいのことはしてくれてもいいはずだ。たぶん口先だけのものだろう。その場しのぎの甘言だろう。ロードが罰せられるのを望んでいるとしても、そのために何かをするということはない。そのつもりがあれば、とっくにそうしていたはずだ。

郡庁舎から明るい日ざしの下に出たとき、身体から急に力が抜けた。考えてみたら、ゆうべ軽い食事をとってから何も食べていない。足もとがおぼつかない。唇を嚙み、よろけながら近くの木に歩み寄り、それにもたれかかると、衰弱と闇の感覚はゆっくり後退していった。けれども、完全には消えなかった。それはすぐ近くにある感じがする。体内のすべての組織のなかを浮遊しているように思える。

慎重に注意深く足を一歩ずつ前へ進め、鉄道駅へ向かう。駅にはダイニングルームがある。荷物もそこに預けてある。それをどうするかいまここで決めなければならない。昨日は、計画が立っていなかったので（もちろん、いまもそうだが）、ホテルはとっていなかった。所持金が残り少なく、ホテル代を浮かせたかったということもある。

入院代と医療費が大きな負担になった。二人分の葬儀代も同様だった。いや、実際のところ、それはもっと大きな金額になった。夫と赤ん坊のためなら、家計のことはあまり考えずに、できるかぎりのことをしたかったし、そうすることに晴れがましさと誇りを感じてもいた。けれども、換金するために急いで売りにだした家の売却価格は予想を大幅に下まわり、借金を払いおえると、手もとにはいくらも残らなかった。

不動産以外の財産といえば、わずかばかりの銀行預金だけだった。夫の給料は悪くなかったが、フォートワースの自宅だけでなく、現場にも家があったので、出費は倍になった。最初の妻の長患いのためにかかった費用も借金として残っていた。

夫の死は従業員の強制保険の保障対象にはならなかった。ほかの保険にはいっさい入っていなかった。それが夫の信条によるものとわかるまえに、任意保険への加入を勧めたことが一度ある。もちろんそのことで叱られはしなかったが、そのときにはひじょうに気まずい思いをさせられた。

夫は言った。暮らし向きを心配することはない。何不自由なく暮らしていけるようにする。自分の健康状態はいたって良好であり、安定した暮らしは将来にわたって保証される。年をとって働けなくなるころには、当然ながら、豊かな老後のための充分な蓄えができている。不運なことに何かあって、生活設計の変更を余儀なくされたとしても、きみはまだ若い。いくらでも働くことができる。

〃きみがわたしのことをいつまでも、そして本当に思っていてくれるなら、そうすべきだ。わたしは多額の保険金を手にした未亡人を数多く知っている。大金が手に入ると、みなすぐに未亡人でなくなる。ポマードを塗りたくったジゴロ・タイプの男が現われて、二番目の亭主の座におさまり、まえの夫があくせく働いて残した保険金で左うちわの生活を送るようになる〃

言わんとすることはわかる。そんなふうになったときのことを想像するのはむずかしくない。夜会服を着た悪党面の男が家でシャンパンのボトルをたてつづけにあけ、百ドル札をマッチがわりにして五ドルの葉巻に火をつけている。自分は麻薬中毒になり、あるいは奇妙な催眠術をかけられて、その様子をぼんやりとながめている。

アーロンの言ったとおりだ。アーロンはいつだって正しく、思いやりがあり、利口で、無知な自分を守ってくれてきた。文無しになったのはトム・ロードのせいだ。ひとえにあの男のせいだ。

駅に入り、ダイニングルームのドアの前で立ちどまって、窓ガラスに貼りつけられたメニューを恐る恐る見る。

コーヒー——二十五セント！　二十五セント！　ハム・エッグ朝食——二ドル五十セント。サービス朝食——一ドル六十セント。オレンジジュース……

なかばよろけながら、頭のなかで財布の中身を数える。この町の物価が高いということは最初からわかっていた。ここは石油ブームに沸いている町であり、消費財は遠方から運んでこなければならない。それにしても高すぎる！

でも、何も食べないわけにはいかない。あと数日はなんとかなるにしても、その先はどうやりくりすれば……

横から男の声が聞こえた。「あの、わたし、ハワードという者ですが。よろしかったら、朝食をごいっしょさせてもらえませんか」

目に冷たい氷の膜が張り、額に険しい皺ができる。ドナは振り向いて、男を見た。淡いブロンドの髪、ひとのよさそうな大きな顔、でっぷりと太った身体。それで緊張が緩んだ。その口もとには微笑が浮かんでさえいる。

「すみません……わたしはあなたを知りません、ハワードさん」

「おっと失礼。わたしはあなたのご主人をよく存じあげていましてね。あなたのことはしょっちゅう聞かされていたので、てっきりわたしのこともあなたに伝わっていると思っていたんですよ」

少し気を悪くしたみたいだったので、ドナはあわてて取り繕った。「そりゃそうですよね、ハワードさん。わたし、いまちょっとほかのことを考えていたので」

「わかります。当然です。本当にトム・ロードはひどい男だと思いますよ」怒りと同情の両方から首を振りながら、「わたしがもう少し若かったら、あの男の隠れ家へ行って――」

「隠れ家！」ドナは興奮して男の腕をつかんだ。「それはどこなんです、ハワードさん。わたしをそこに連れていってくれませんか」

「ええ、そりゃかまいませんよ。でも――」急に気むずかしげな顔になった。「本当にお教えしていいものかどうか。さっきは後さきの考えもなくつい口走ってしまったんですが。もちろん、わたしはあなたに何かをそそのかすつもりじゃ……」

「そこにはほかに誰がいるんです、ハワードさん。アーロンがどんなにいいひとだったかは、あなたもご存じのはずです。わたしが何もしなければ、殺人事件は永遠に闇に葬られることになるんです」

ハワードはうなずいたが、あえて何も言いはしなかった。気持ちはよくわかる。自分の娘もドナと同じような立場になれば、やはり同じことを考えるだろう。それでも、これはきわめてゆゆしき問題だ。法をみずからの手で執行しようとしているのだ。せかして、けしかけるべきことではない。

「あわてることはありません」ハワードは言って、ダイニングルームのドアをあけた。「食事をしながら話しましょう」

ドナがためらっていると、ハワードは力強くうなずきかけた。思いきったことをするときには、熟考してからでなければならない。

それで、ドナはなかに入った。ハワードことオーガスト・ペリーノは、そのあとに続いた。

15

荒野をひた走る車のなかで、これから自分がしようとしていることを考えているうちに、ドナはその正当性にも妥当性にも疑いを持ちはじめていた。ここまであまりに速くことが運びすぎたので――というより、そんなふうに自分を駆りたててきたので、ろくに考える時間もなかった。いまは、実際にこの目で見たロードと殺人犯とされているロードの違いが、もしかしたらそれは表面的なものにすぎないかもしれないが、見えてきはじめている。

トム・ロードはとても利口な男だ。間抜けな田舎者のふりをしているけど、それは間違いない。そんな男が、いとも簡単に殺人の罪に問われるような下手なことをするだろうか。それに、これも仮面の下に隠してはいるが、良家の出で、育ちのよさは折り紙つきだ。いまもまだあるかどうかわからないけど、決闘とかいったことならまだ理解できる。でも……人殺しというのは?

たしかに夫のアーロンとはうまくいっていなかった。何か理由があってのことにちがいない。アーロンがそのあたりの事情を語ったことはない。でも、だからといって、ロードを恐れていたわけではない。アーロンだって馬鹿ではない。もしロードが何かたくらんでいたとしたら、すぐに危険を察知して、しかるべき手立てを講じたはずだ。

いまふと思い至ったのだが、夫はロードに殺されたのかもしれないという疑いは、なんらかのたしかな証拠にもとづいたものではない。少しでも知恵のある者なら(たとえばロードのような）、今回のことはすべて納得のいくよう説明できたはずだ。でも、実際には誰からもなんの説明もなかった。聞かされたのは自殺だったのではないかという戯言《たわごと》だけだ。それ以上のことを聞きだそうとすると、かならず沈黙の壁に突きあたった。

それが証拠ということなのか。ブラッドリー保安官と痩せぎすの保安官補は、ロードが夫を殺したと知っているということなのか。それとも、ロードを憎むほかの理由があるのか。

ドナは話を切りだすのをためらい、ハワードをおずおずと横目で見た。

ハワードは元々乗り気ではなかった。頼み、泣きつき、言い争い、夫の友人としての義務だとまで言って、ようやく同意させたのだ。いまは町から七十マイルほど走って、トム・ロードの隠れ家のすぐ近くまで来ている。無理を言い、ハワードの反対意見を押し切って、ようやくここまで来たのだ。救いがたい馬鹿のふりをしないかぎり、いまさら引きかえしたいとは――

「ところで」と、ペリーノはさりげない口調で言った。「あなたは一度でもロードと会ったことがあるんですか。ロードと知らずにってことでもいいんですが」

「ええ。医者だと思ってたんです」

「なるほど」それで、小さな謎が解けたような顔になった。「実際のところ、医者の心得はあるみたいです。ぐうたらな怠け者だから、学位を取れなかったんです」

「ハワードさん、あの、申しわけないんですが――」

「おかしな話です。家柄もいい。学歴も高い。見た目も申し分ない。実際のところ、非の打ちどころがない。なのに、あんなふうになっちまうなんて。あなたも思ったでしょ。なんていい男なんだろうって。多少のたしなみと野心があったら、一流の映画スターになっていたかもしれません」ドナは気まずげにうなずいた。どういうわけか、さっき言おうとしていたことが急に言いづらくなった。恥ずかしくさえ思えた。

「いいですか、マクブライドさん」ペリーノはすまなそうに微笑んだ。「わたしが今日ここへあなたを連れてくるのをためらったのは、なぜだと思います」

ドナは気を引きしめて答えた。「そうね。わたしが分からず屋で、馬鹿だと思ったからじゃないかしら」

「最後の最後に心変わりするんじゃないかと思ったからですよ。なにしろロードはもてますからね。どんなに怒っていても、怒って当然の理由があったとしても、仕返しをしてやろうと思って乗りこむ段になると、ころっと気が変わる」

ドナは息を呑み、苦笑いした。自分がこれから何をするとしても、あるいはしないとしても、ロードの個人的な魅力や見た目のよさとはなんの関係もない。そう言おうとしたとき、ふたたび機先を制された。

「いいですか、マクブライドさん。町でおかしな話を聞いたんですよ。ロードは武勇伝を吹聴するのが好きなんです。あなたたちは家にふたりきりでいて……」

「なんですって?」頭に血がのぼり、顔が真っ赤になる。「さっき言ったでしょ。誰かわからなかったのよ。医者だと思っていたから――」

「もちろん。もちろんそうなんでしょう。言わなくてもわかってますよ、マクブライドさん。自分の夫を殺した男と割りなき仲になるなんてあるわけがない」

「誰ともそんな仲になっていません!」

ペリーノは口のなかでもごもごと言った。わたしの旧弊な考えは無視して、自分の好きなようになされればいい。「なんにも気にすることはありません、マクブライドさん。言ってくれたら、すぐにUターンして町へ戻ります。やや残念ではありますが、気持ちはわかります。あなたのような魅力的な若い女性が、ロードのようなハンサムな男に、その――」

そこで口をつぐんだ。ドナに睨まれて、言おうとしていた嫌味な言葉が喉の奥へ引っこんだみたいだった。

「すみません。他意はないんです。どっちにするかはっきり決めてほしかっただけなんです」

「わたしの心は決まっています。ご心配なく。もうそろそろなんでしょ」

「そうです。ここです」ペリーノは言って、車をとめた。「ここです。そこに車のタイヤのあとがあるでしょ」

ドナは車からおり、道路わきの溝に足を突っこんで、不恰好によろめいた。それから、後ろを振りかえりもせず、頭をあげ、背筋をのばして、轍の道を進んでいった。

ペリーノはしてやったりとほくそ笑んだ。完璧だ。ドナに話をさせ、落とし穴にはまったところで、上から蓋をする。これでもう後戻りはできない。勢い余って、素手でロードを引き裂いてもおかしくないだろう。そうはいかず、逆の展開になって返り討ちにあったとしても、それはそれでかまわない。計画はやや狂うが、結果は同じだ。

ペリーノは車をUターンさせて、走り去った。

ドナは小屋に向かっていった。足取りは力強く、決心に揺らぎはない。小屋まで五十フィートほどのところで、一休みと偵察のために足をとめた。

ハンカチで軽く顔を押さえながら、周囲を見まわす。寂寥感がひそかに忍び寄ってくる。そんなものは無視しなければならない。どこかで小枝が折れる音がした。どきっとして振り向くと、今度は背後からサボテンの腋芽が地面に落ちる音が聞こえた。前と後ろと横に頭をめぐらせる。風が飢えているような音を立て、寂寥感に無数の穴をあけ、そこを通り抜けては、すぐにふさいでいく。

ドナは小さく身震いした。そう、ここには誰もいない。車もとまっていない。ということは、ロードはどこかに行っているということだ。ここには自分ひとりしかいない。でも、だからどうだというのか。ハワードさんはいつまでも待っていてくれる。何も変わらない。心配することは何もない。

ドアを叩く。ノブをまわすと、鍵があいていることがわかったので、なかに入る。

テーブル、数脚の椅子、灯油式の大きな冷蔵庫、中型の石油コンロ。部屋の二辺に、ふたつの長い棚が取りつけられていて、本が並んでいる。本以外には、小さなラジオや、ライフルの弾薬箱や、医薬品のキットといったものもある。ベッドは組み立て式の安っぽいもので、スプリング式のマットレスが置かれている。

ロードはここで不便だが快適な時間を過ごしているにちがいない。ドナは恐る恐るといった感じでベッドのにおいを嗅ぎ、それからそこにすわって待った。

三十分ほどして、車が近づいてくる音が聞こえた。薄手のカーテンの端から窓の外の様子をうかがう。

車は轍の道を通らず、草地を突っ切り、小屋の裏手の岩場を走っている。ロードは車のシートにそっくりかえってすわり、片方の脚をドアにかけている。ステットソン帽を頭の後ろにかぶり、葉巻を斜めにくわえている。

ドナは唇を嚙んだ。なんでここまで気楽に振るまえるのか。哀れなアーロンはお墓のなかに入ったばかりなのに。

ハンドバッグから拳銃を取りだし、薬室をチェックする。それからドアをあけて、外に飛びだす。

車は揺れながら斜面をあがり、小屋に向かってくる。ロードの目にはもちろんドナの姿が映っているはずだ。なのに、そんなふうにはまったく見えない。差しかけ屋根の下に車を入れると、ライフルを小脇にかかえてゆっくり車からおりる。それから、小屋の裏戸のほうを向いたとき、ようやくドナの存在に気づいたみたいに、後ずさりして大袈裟に驚いたふりをし、わざとらしく帽子を取ってみせる。

「何も言わなくていい」ロードはにやにや笑いながら言った。「すぐに思いだすから。顔にはたしかに見覚えがあるんだが、身体のほうにはなんの記憶もなくてね」

「ミスター・ロード、あなたにはよくわかってるはずよ。わたしが誰かも。わたしがどうしてここにいるかも。わたしはあなたを殺しにきたのよ」

「まあ、そうピリピリするな。なかに入って、待っていてくれ。すぐにステーキとマッシュポテトの準備をするから」

「わたしは本気なのよ、ミスター・ロード」

「おれが冗談を言ってると思うのかい。まあいい。見ていればすぐにわかる。ついでにバター・ケーキとホワイト・グレイビーもつくってあげる」

ロードはお先にどうぞと手振りで示し、背中を押し、ドナがよろけると、その身体を支えてやった。そして、小屋のなかに入ると、ライフルをさしだした。

「あそこのフックにかけてくれ」壁のほうに顎をしゃくって、「おれは夕食のしたくをする」

そして、冷蔵庫のほうへ歩いていって、前かがみになり、ズボンを尻にぴったり張りつかせて冷凍室を覗きこんだ。

ドナはこみあげる怒りにうなり声をあげそうになりながら、それぞれの手に持ったライフルと拳銃を交互に見つめた。さっき背中を押されたときに、帽子は片方の目の位置までずり落ち、いまは一房の髪が鼻にかかっている。息を上に吹きかけると、目を寄せて、その結果を見たが、髪も帽子もまったく動いていない。ライフルの銃身で当てずっぽうに突っつくと、銃口が帽子を引っかけて頭の上へ持ちあげてしまった。

こんなふうに目をくるくるまわし、帽子を軍旗のように高く掲げて立っているのを、ロードは冷蔵庫の前で腰をかがめて、股のあいだから見ていた。

「あまりくつろげていないようだな。水でも出そうか」

ドナはうなり声をあげ、ライフルを帽子といっしょにベッドに放り投げ、目にかかった髪を掻きあげた。

「な、な、なによ！　なによ！　なによ！　聞いてなかったの、トム・ロード！　わたしはあなたを殺しにきたのよ」

「ああ、うん。たしかそんなことを言ってたな」

「立ちあがりなさい！」

「なんのために？」ロードは手をのばして、尻をポンと叩いた。「こっちのほうが的にしやすいぜ」

「いいから立ちあがりなさい！」

「仕方がないな。わかったよ」ゆっくり身体を起こす。「でも、夕食が遅くなるぜ。さて、どっちを向いたほうがいい？　前か。それとも横か」

ドナは質問を無視した。急に手に力が入るようになったので、ロードの胸に拳銃の狙いをつけ、抑揚のない声で言った。「これでもなかなかの腕前なのよ、ミスター・ロード」このときのために練習をしてきたので、仕損じることはない。「何か言いたいことはある？　夫を殺したことに弁解の余地があるなら、聞いてあげるわ」

「ひとつも思いつかないね。誰かを殺したくなったから殺したんじゃないかな」

「言うことはそれだけ？　たったそれだけの理由で――」

「きみにはわかるはずだ。わかってなきゃおかしい。誰かを殺すと決めたら、弁解の余地など必要ない」

「なるほど。よくわかったわ」

ドナは引き金をひいた。

何度もひいた。ロードは悲鳴をあげ、前のめりに床に倒れた。

身悶えし、のたうちまわりながら、なおも断末魔の悲鳴をあげつづける。それから、とつぜん激しく痙攣し、あえぎ、そして静かになった。それっきり動かなくなった。ぴくりともしない。

ドナの手から拳銃が落ちる。ロードを見つめる目が少しずつ大きくなっていく。どこか遠くから声が聞こえてくる。自分自身の声だ。

「う、うそ。うそ。うそ。うそでしょ。うそでしょ……」

涙があふれでて、息ができない。ドナは動かなくなった身体の横に膝をつき、両手に顔をうずめた。

どうして？　どうしてこんな恐ろしいことを……なんにもしていないとわかってたのに。そうよ。なのに、ついかっとなって……そもそもハワードさんが……ハワードさんが……

でも、どうして？　こんな恐ろしいことをしていい理由がどこにあるのか。さっきはロードの言い分を聞こうとした。犯してもいない罪の弁明を求めた。いまこんなことをした自分に弁明の余地があるのか。

当惑し、怯え、しゃくりあげながら、ドナは声に出して言った。「どうして？　ああ、神さま。わたしはなんてことをしてしまったの」

「じゃ、おれも訊こう」トム・ロードが言った。「どうしてニワトリは道路を渡ったのか」

ドナは息を呑み、ゆっくりと顔から手を離した。ロードはシャツの前をはだけて、分厚い胸板をあらわにした。

「見ろ。穴はどこにもあいていない」

16

オーガスト・ペリーノは車の速度を落として細い道に入り、打ち捨てられた試掘井へ向かった。ドナを迎えにいく時間は決まっていない。決めることはできない。ロードが隠れ家にいるかどうかも、いないとしたら、いつ帰ってくるかもわからないのだから。ドナには、片がついた頃あいを見計らって迎えにいくので、小屋かその近辺で待っているようにと言ってある。本当のところは、夜になるまで戻るつもりはない。

ゆうべここへ来たときは、道路前方とロードの車に神経を集中させていたので、まわりをよく見ていなかった。けれども、この日はすぐにここが望ましい場所ではないことに気づいた。遠くまで視野を遮るものが何もないのだ。こんなところに長居は無用だ。

ここまでは幸運だった。町から出てきたときも、試掘井をめざしているいまも、誰にも出くわしていない。この荒れ地のただひとりの住人であるロード以外に、この車を見た可能性のある者はいない。もしロードが小屋から見ていたとしても、なんの問題もない。ロードの命運は尽きている。

ロードがドナに手荒なまねをするとは思わない。くだらない騎士道精神などからではない。そもそもそんなことはしたくてもできないはずだ。だから、ビッグ・サンドを離れ、ここまで逃げてきたのだ。

女を痛めつける？　自分が殺した男の妻に詰め寄られてブチギレる？

まさか。たとえ相手に非があろうと、普通ならそんなことはできない。ロードにできることといえば、ひたすらドナから逃げることだけだ。ドナが諦めて立ち去るまで。それができなければ、すでに殺されているか、近いうちに間違いなく殺される。

ペリーノは試掘井の飯場の裏に車をとめた。車からおりると、けだるげに欠伸《あくび》をし、伸びをし、それから周囲を見まわした。これといって見るべきものはない。大まかなところでは、ここに来るまでに見たものとどこもそんなに変わらない。

土地は緩やかな斜面になっていて、岩場にサボテンやヤマヨモギの茂みが点在している。その斜面をくだっていくと、勾配は次第にきつくなり、緑が濃くなってきた。岩場のあちこちに節くれだった樫の木が生えている。しばらく行くと、木の枝葉はさらに密になり、先が見えないくらいになった。

その先に雨ざらしになった建物の骨組みが見つかると、ペリーノは苦々しげに首を振った。マクブライドの家――というより、家になるはずだったものだ。マクブライドは自宅の普請用に会社の資材を使うと、そのたびに律儀にも明細書を提出して、いつも給料から代金をがっぽり差しひかれていた。そんな間抜け野郎は殺されて当然だ。

それにしても、人間はどこまでお人好しになれるのか。ちょっと頭を働かせたら、たとえば年に二万ドルを会社からだましとるくらいわけもない。こっちからちょっと、あっちからちょっとといった具合にかすめとれば、誰にも疑われることはない。なのに、薄ら馬鹿のマクブライドは女房が小銭を恵んでもらうために使う皿すら残さなかった。

頬に何かが触れたので、ペリーノは無意識のうちにそれを払いのけた。まあいい、マクブライドもドナもどうだっていい。マクブライド同様、ドナもすぐに死ぬ。筋書きを完成させるためには、どうしても死んでもらわなければならない。死体は数週間後あるいは数カ月後に発見される。

ロードは背中を撃たれ、ドナは殴り殺されている。

ロードはドナに殺され、ドナはロードに殺される。ふたりでおたがいを殺しあったというわけだ。ふたりの立場を考えたら、そうなったとしても少しもおかしくはない。面倒なことになる可能性は、あったとしても百万分の一以下だ。あんなところに用がある者はいないと思うが、誰かがたまたまふらりとやってきて、小屋を覗いたときには、ふたりの死亡時刻はとうに割りだせなくなっている。ロードが死んで何時間もしてからドナが死んだということは絶対にわからない。たとえわかったとしても、それで何が証明されるというのか。ふたりはほぼ同時に致命傷を受けたが、死亡時刻には大きなへだたりがあったというだけのことだ。

ペリーノは肉づきのいい手を固く握りしめ、腕の大きな筋肉を収縮させた。久しぶりにまた一働きできる。健康のためには身体を動かすのがいちばんだ。女を相手に汗をかく機会はそんなにないが、運動不足を解消する方法はほかにいくらでもある。

汗をかく方法がいろいろあるように、身体を使う方法もいろいろある。そのことを自分よりよく知っている者はいない。

ドナのことを考えていると、ふと自分の女房のことを思いだし、ほくそ笑んでいた顔が渋面に変わった。

六時にはいつも女房に電話をすることになっている。その日あった出来事と翌日のわかっているかぎりの予定を、暗号化された無味乾燥な言葉で伝えるのだ。女房はそれを仕事仲間に伝える。報告をあげているかぎり、何をしても文句は言われない。だが、六時ちょうどに電話をしなかったら、その反対の結果になる。今夜の報告は六時よりずっと遅くなってしまう。

「くそっ。困った……」

仲間たちには大まかな計画しか伝えていない。だが、それは仕方がない。計画の細部を詰めたのは昨夜の六時以降のことだ。何か間違いがあったとしても、場所も、そこで何をしようとしていたのかも、連中にはまったくわからない。

ペリーノは苦々しげに悪態をついた。もちろん、なんの間違いもあるはずがない。練りあげた計画に抜かりはない。それでも、よくない状況であるのはたしかだ。町に戻ると同時に報告を入れても、もう遅い。連中はいらだちを募らせているにちがいない。もしかしたら、爆発寸前というところまで来ているかもしれない。結果的に連中は窮地を脱し、みな胸を撫でおろすことになる。それでも、それでも怒りはおさまらないはずだ。一時的にではあれ、裏切られたのではないかと思わせたのだから。そう簡単には水に流してもらえないだろう。

ペリーノはまた頬をはたいた。また虫だ。昨日の夜は何かが飛んできて、近くに落ちる音がするたびに、ぎょっとして、周囲をきょろきょろ見まわしていた。今日はもっと頻繁に飛んでくる。でも、いまは気にならない。それどころではない。カメムシだかバッタだか知らないが、いまは虫を気にしている場合ではない。ゆうべはびくついていたが、暗いなかでのことだった。いまはまわりに誰もいないとわかっている。ここには誰もいないはず――

背後で小さな物音がした。ペリーノはいらっとしてそれを無視した。と、何かで背中を突かれた。拳銃だ。それ以外には考えられない。それから、やんわりとささやきかけるような声が聞こえた。

「振り向くな。振り向いたら、それが最後になる」

ペリーノはぎこちなく首を縦に振った。銃には抗えない。後ろにいるのはロードだ。間違いない。ここは下手なことをしないで、おとなしく話を聞いたほうがいい。

「おれは何かにつまずいたようだ、ロード」ペリーノは言った。口がからからに乾いている。

「でも、もしかしたら、おれたちは同じ道を歩いているのかもしれない。折りあいをつけたいというなら、相談に乗っても――」

「相談する必要はない。こっちは何枚ものエースを握ってるんだから」

「でも、全部のエースを握っているわけじゃない、ロード。こっちの手札を見せようか」

「あそこにある倉庫へ行け。おまえのでかい鼻のあとについていけば、自然に着く」

「聞いてくれ、ロード」

「黙って歩け」銃身が痛いほど強く背中を突く。ライフルだろう。「鼻のあとについて歩かないと、それがついているものが吹っ飛ばされるぞ」

ペリーノは従った。ライフルを持った男は、当然ながらロードだ。それはロードでなければならない。ということは、口先だけの言葉じゃないということだ。

両手をあげて、倉庫の開いたドアのほうへ歩いていく。背中にライフルの銃口を押しつけられ、それを持つ男にかかとを踏みつけられそうになっている。だが、そういった窮地や、それを招いた運の悪さにもかかわらず、ペリーノはそんなには怯えておらず、希望を捨ててもいなかった。おとなしくしていれば、殺されることはない。少なくとも、いますぐには。本当に殺す気があったら、飯場の裏で殺していたはずだ。ということは、ロードも話しあいを望んでいるということだ。話しあいになれば、あとはなんとでも……

試掘井の脇にある楕円形の高い土手が見えたときには、胸の鼓動が一拍飛んで、胃にむかつきを覚えた。曲がりなりにもその業界の人間なので、それが何かは一目でわかった。穴を掘って、そのまわりに土を盛りあげてつくった、試掘井から出たヘドロをためるための小さな人工の沼だ。だからすぐには殺さなかったのだ。あそこまで行かせて、そして……

いや、そうじゃない。ペリーノはふたたび呼吸をはじめた。いまもまだ倉庫のほうに向かっている。脇にそれずにまっすぐ進んでいる。荷さばき場にあがり、暗い戸口に向かっていく。

ライフルが急に背中から離れた。頭に何かが振りおろされ、ペリーノは戸口の向こうへつんのめった。

気を失っていたのは、ほんの数分だった。少なくとも、感覚的にはそのくらいだった。頭ががんがんしている。それでも、なんとか立ちあがり、暗闇に目をこらした。ドアは閉まっている。そこに体重をかけて押してみたが、どうやら閂《かんぬき》がかかっているようだ。ポケットに手をやったとき、驚きの声が漏れた。

筋が通らない。ロードが財布を抜きとるなんて。ロードがこんなふうに盗みを働くとは思えない。もしかしたら、ロードではないのかもしれない。もしかしたら……

いや、そんなことはない。そんなことはありえない。ほかの誰かであるはずはない。もちろん目当ては金じゃない。情報――犯罪の証拠となるものだ。だが、果たして役に立つかどうか。このオーガスト・ペリーノは、馬鹿に見えるかもしれないが、馬鹿じゃない。財布のなかに入っているのは、数ドルの現金と、数枚の領収書と、二枚のクレジットカードだけだ。

ドアに耳を押しつけて、様子をうかがう。それから、板の隙間を覗きこみながら壁の内側を一周する。

何も見えないし、何も聞こえない。少なくともロードの姿は見当たらない。だが、だからといって、そこにいないということにはならない。さっきのこともある。あいつは泥棒猫だ。こっそり背後に忍び寄り、ひとをもてあそぶのを楽しみにしているのかもしれない。

ペリーノはふたたびドアをあけにかかった。肩を当てて、足を踏んばると、ドアは少しずつ外に反っていった。もう一押しで閂はマッチ棒みたいに折れる。

いや、待て。ペリーノはここで急に身体を引いた。それはまずい。このドアを破ろうとするのは簡単に予想できることだ。もし外に誰かがいるとしたら、当然ながら建物のこっち側を見張っているはずだ。逃げるのなら、裏からでなければならない。音はできるだけ立てないように。

暗がりに目が慣れて、だんだんものが見えるようになってきた。壁の板は分厚く、大型のハンマーがないと叩き割ることはできない。埃のたまった床には、ところどころに重い物を落としたあとのような傷がついている。片隅に、油の染みだらけの作業着が積みあげられていたので、それを足で掻き分けると、片側の先端が鉤状になった錆びた金具が出てきた。会心の笑みを浮かべて、それを手に取る。

バールだ。こいつはありがたい。バールを置いていってくれるとは、ロードもなかなか気が利くじゃないか。

床に膝をつき、バールの平らなほうの先端を床板の継ぎ目にさしこむと、注意深く、だが渾身の力をこめてこじあける。それがすむと、次の二枚にかかる。あとは手で引っぱるだけで、三枚ともほとんどなんの音も立てずに取りはずすことができた。それが最善の策で、それ以外に理にかなった逃げ方はない。倉庫の床はトラックの荷物の積み下ろしをしやすくするため、高い基礎の上につくられている。ペリーノのような体型の持ち主でも、床下を這っていき、倉庫の裏側から抜けだせるだけのスペースはあるはずだ。それは間違いない。だが、地元の住人なら、かならずしも名案とは思わないだろう。覆いのある場所には、たとえば倒木の下とかには、しばしば先客がいる。くねくね動く黄金色の身体にダイヤ柄が入った細長い生き物だ。

この地域にしては、驚くほどの数ではない。ガラガラヘビは周期的に大発生するが、そのときには二、三百匹が群れをなす巣もしばしば見つかる。ペリーノが這っていったところには数十匹しかいなかった。それでも多すぎた。一匹でも多すぎるくらいだ。しかも、そのほとんどは若くて、毒も強かった。

ペリーノは必死で床下から這いあがろうとした。そのとき、その目は大きく見開かれて、一点を凝視し、口もとにはショック性の狂気じみた笑みが浮かび、歯が剝きだしになっていた。鼻には特大のガラガラヘビが毒牙をむきだしてぶらさがっている。耳からも喉からも肩からもぶらさがっている。赤ん坊や子供のヘビは、ズボンやシャツの下に入りこみ、のたうち、もつれあいながら身体中を這いまわっている。

それを引き離したり、はたいたりしているうちに、腕が痺れてきた。笑みは耳に達するくらい大きくなり、口から断末魔の叫びがあがった。

「ヒィーーーー！　ギャーーーーー！　ウグーーーーー……」

叫びは始まるとほとんど同時に終わった。二分もしないうちに、ペリーノは絶命し、その身体ははやくも毒で膨らみはじめた。

17

ドナ・マクブライドは朝の遅い時間に目を覚まし、けだるげに欠伸《あくび》と伸びをした。それから、ぎょっとして身体を起こした。そのとき、はたと思いだして、また身体を横にした。ベッドのまんなかには、長枕で急ごしらえした仕切りが置かれている。

ゆうべはそんなものがなんの役に立つのかと思っていたが、結果的にはあってよかった。少なくとも、何かの役には立ったはずだ。服は着たままだったし、ロードも服を脱がなかった。少なくとも、全部は脱がなかった。だから、何も後ろめたく思うことはない。いずれにせよ、ゆうべは受けいれる以外に選択肢はなかったのだ。

「さあ、どうだい」と、あのときロードは言った。「これでおれが人殺しじゃないとわかっただろ。たしかにふざけたことをしたかもしれない。わざと厄介ごとを招くようなことをしたかもしれない。でも、殺しちゃいない」

「ええ、わかってる。すごく自分が恥ずかしいわ。いまではあなたに感謝している。でも、どうして——」

「簡単だ。きみが眠っているあいだに、拳銃から弾丸《タマ》を抜き取り、弾頭を取りはずして、薬莢を戻した。それだけのことだよ」ロードはにこっと笑った。「じつを言うと、おれもそうしてよかったと思ってる」

「ほんとによかった。でも、ミスター・ロード、わたしにはさっぱりわけが――」

「わからないだろうね。わからなくて当然だ。ある男がきみを介抱した。きみは元気になると、そいつを殺そうとした。そいつはきみの誤解を解き、きみに人殺しをさせないように策を講じ、また介抱した。それから、これまで食べたことがないようなご馳走をつくり――」

「親切にしてもらったことはわかってる。お礼は言ったはずよ」

「そんなものはいらない。おれがほしいのはベッドの半分だよ。シェアしてもらえるかい。それとも、きみが一人占めかい」

「仕方がないわね。そういうことなら……」

「そうこなくっちゃ。客人たるもの、こんなふうに感謝の気持ちと思いやりがなきゃいけない」

そういうわけで、こうなったのだ。でも、二度とならない。眠っているうちに、ロードはライフルといっしょに小屋から消えていた。きっとヘビを撃ちにいったのだろう。昨日もそうだったらしい（「これがおれの唯一の道楽なんだよ」）。戻ってきしだい、ここを出よう。

出なきゃいけない。ロードは喜んで町まで車に乗せていってくれるはずだ。ここから出ていかせるためなら何をしてもいいと思っているはずだ。

ベッドから出て、着たまま寝た服を見ていたとき、テーブルの上に紙切れが置かれていることに気づき、おずおずと手に取った。だが、先日の書き置きとはずいぶんちがっていた。それを読みながら、口もとが緩みそうになるのをなんとかこらえた。こんなお下劣な文章をへらへら笑いながら読んじゃダメ。

小屋のなかにトイレはないよ。大自然の恵みを受けて、外ですませる場合には、足もとに充分な注意を払うように。ヘビを溺死させるかもしれないから。

ドナはきっと顔を引きしめた。その書き置きを持って小屋を出る。手ぶらで戻ってきて、コーヒーを温める。ホーローの洗面器で手を洗い、むずかしい顔でまた服をチェックする。皺は干したらのびるだろう。下着は水で軽くすすいでおいたほうがいい。急いで服を脱ぐ。壁のフックからロードのジーンズとシャツを取って、素早く着る。たくしあげても折りかえしても大きすぎるが、悪い感じはしない。ロードといっしょにいた時間はいくらもないが、それでもとてもくつろげる。

服を低い木にひろげて干す。水洗いした下着も同じようにする。髪を直したいが、そのためにできることはいくらもない。できれば、お風呂にも入りたい。困ったものだ。こんなところで女はどうやって身なりを整えたらいいというのか。ロードとはえらい違いだ。あれほど身だしなみに気を使っている男はいない。爪も、髪も、髪の分け目からのぞく頭皮も、歯も。どこをとっても清潔で、ぴかぴかに光り輝いているように見える。自分はむさくるしくて、小汚い女だと思われているにちがいない。でも、どうしようもない。

アーロンは――哀れなアーロンは身なりに無頓着だった。本人が言うには、油田で働いているんだからそれは当然のことで、その種の習慣は家に帰っても変わらないらしい。そうはいっても、条件はそんなに変わらない。場所的にはここのほうがむしろ……

遠くのほうから車の音が聞こえた。ドナはあわてて立ちあがり、波うった鏡の前に駆けていった。大急ぎで髪を梳いたり、叩いたりしたが、結果は納得のいくものからは程遠かった。むしろまえよりひどく見える。もう一度やりなおそうとしたが、指がもつれて思うように動かない。車のドアが閉まる音が聞こえたところで、渋々諦めた。まあいい。どんなにひどく見えたってかまいはしない。トム・ロードにどう思われようが知ったことじゃない。

ロードが小屋に入ってきた。丁寧に会釈をして、礼儀正しく握手をする。それから、「ミスター」と呼びかけて初対面の挨拶をし、着膨れした小柄な娘を見なかったかと訊く。

ドナは苦々しげに口もとを歪め、それから大きな声で笑った。ロードも笑いながら、ドナの身づくろいをしげしげと見つめた。

「とても似あってるよ。ゆうべはよく眠れたかい」

「おかげさまで。ありがとう。いろいろなことがあったわりには、よく眠れたわ。できることなら――」

「わかってる。ハグとキスをして起こせばよかったんだろ」

「またそんな――」ドナはなんとか思いとどまった。「ミスター・ロード、ひとつお願いがあるの」

ロードは上の空でうなずいて、冷蔵庫のドアをあけた。ドナは少しためらったあと、町まで送り届けてほしいと頼むのは後まわしにすることにした。ロードはお昼を食べたがっている。それに、服もまだ乾いてない。

ロードは冷蔵庫からケーキの生地と紙のトレーに入ったチキンを取りだした。そして、ドナが手伝うと申しでると、コーヒーの用意とテーブル・セッティングを頼んだ。

ドナは忙しく立ち働いた。そのあいだに、時おり身体が触れあい、そのたびに胸のうずきを感じた。沈黙の時間は心地よかったが、気のおけない間柄になりすぎるのを避けるためには、しゃべりつづけなければならない。

このあたりには野生の動物がいっぱいいるんでしょ。どんなものを狩るの?

ロードは答えた。人間を狩るほうがずっと面白い。いっぱいいるし。肉は市場じゃ手に入らない。

ドナは悪趣味だと言った。ロードは無力な動物を撃ち殺すほうがよほど悪趣味だと答えた。それから、ドナの表情に気づいて、ため息をつき、天を仰いだ。

「おいおい。冗談だよ、冗談。おれが人間を狩っていると本気で思ってるのかい」

「いいえ、まさか。わたしが気にしてるのはハワード――ペリーノのことよ」

「何が言いたいのかよくわからないが、おれは誰も撃っていない」

「なんとなく腑に落ちないの。昨日あなたが言ってたような計画を立てていたとしたら、なぜあのひとは――」

「計画の変更を余儀なくされたんだろう。誰かが変更を余儀なくさせたのかもしれない。あの手のやからは概して敵が多い」

「つまり——つまり誰かに殺されたってこと?」

「でなきゃ、脅されて、逃げだしたのかもしれない。とにかく、昨日はここに来なかった。だから、これからももう来ることはないだろう」ロードはオーブンをあけて、ケーキの焼き色を見た。「心配することはない。ペリーノのことも、誰のことも。狩りをしているとき以外は、おれが見張っている。誰が来ても見逃しはしない」

ドナはうなずいた。どっちにしても心配することはない。ここに長居するつもりはないんだから。そう言いかけたが、やはりいまはそんなことを言うべきときではない気がして思いとどまった。

ロードはテーブルに料理を並べ、ドナがお腹はすいていないと言うと、気持ちはわかるが、ひとりで食事をしたことは一度もないし、いまここでそのしきたりを破るつもりもないと答えた。

もちろん冗談だが、冗談とは思えないような口調だった。ドナは空腹だったので、結局フライドチキンとケーキをそれぞれ半分ずつたいらげることになった。

食事が終わり、皿を洗って片づけると、ドナは頼みごとを心のなかで復唱した。そして、それを口に出そうとしたとき、ロードは薬箱に手をのばし、ベッドのほうへ顎をしゃくった。

「もう一度診察をしておこう。さあ、そこのベッドへ。服を脱いでシーツをかけて」

「ええ——あの、ご心配なく。そろそろおいとましなきゃいけないし。町に戻ったら、そこの医者に診てもらうわ」

「それはあんまり利口じゃないと思うよ」ロードは言い、その医者は嚙み煙草が好物であることを伝えた。「一度、嚙みさしがご婦人の下着の奥に落ちたことがある」

「やめてちょうだい、ミスター・ロード」

「そのご婦人は旦那から大いに勘繰られることになった。もちろん医者も信用ガタ落ちだ。普通に考えたら、嚙み煙草がそんなところに落ちるはずがない」

「ミスター・ロード！　わたしは帰ると言ったのよ。送ってくれないのなら、歩いて帰る」

「町までは相当な距離がある。弁当を持たせてやるよ」

「そんなものいりません！　診察も結構です！　わたしは――わたしは――」

「おれは職業上の義務を果たそうとしているだけだよ。女性の患者はとりわけ手厚く――」

「そうでしょうとも。手厚く看病し、ついでに……」

「レイプする？」ロードは首を振った。「外科患者の扱いは別だ。ハサミとかでどこを切ってしまうかわからないから」

ドナは息を詰まらせ、支離滅裂な言葉をつぶやき、そして諦めた。ほかに方法はない。ロードの減らず口をとめるには、好きなようにしゃべらせておくのがいちばんだ。

ドナはベッドに横になった。ロードは診察をし、包帯をかえ、抗生剤を二錠服ませた。

順調に回復しつつあるとのことだった。もう生命の危険はないが、できることなら、いましばらく安静にしていたほうがいい。

「つまり、もう一日ここにいろってこと？　遠慮させてもらうわ」

「お好きなように、マダム。ところで、金は足りてるのかい。それとも、きみの旦那はおれが予想したとおりの人物なんだろうか」

「それって、どういう意味かしら」

「医者の家に生まれた者は、未亡人に出くわす機会が多い。弁護士と同じだ。おかしなもので、たいていの男は妻より、その再婚相手のことを気にかけている」

ドナは唇を噛み、目をそらした。そんな言い方をする権利は誰にもない。まるでアーロンがケチで、身勝手で、妻のことをまるで考えていなかったみたいじゃないの。ドナは声を荒らげ、それから付け加えた。他人の家計のことをとやかく言われる筋合いはない。自分のことは自分でなんとかする。

ロードはうなずいて同意した。「だったら、礼儀作法を教える仕事につけばいい。自分自身の教訓を金儲けのネタにするんだ」

ロードは立ちあがりかけた。ドナは衝動的に手を前にのばした。

「ごめんなさい、トム――ミスター・ロード」

「トムでいい。ミスターをつけると、きみはいつも舌を噛みそうになる」

「ほんとのことを言うと、わたしはいま文無しなの、トム。手に職もない。誰にでもできる仕事でも、わたしみたいに古臭い不愛想な女を雇ってくれる職場があるとは思えない。でも、ここにもう一泊したからといって、それがなんになるというの。明日になっても、問題が解決するわけじゃない」

ロードはそのような言葉がかえってくるとは思っていなかったみたいだった。「いいや、そんなことはない。そんな馬鹿な話はいままで一度も聞いたことがない」

「でも……どうして？」

「〝明日は明日〟っていうじゃないか。聞いたことがあるだろ」

ドナはうなずいた。ロードは壁のフックからライフルを取った。

「でも、トム、そのわけは――」

「わけ？ わけなんてない。今日は明日とちがうのに、今日の問題が明日もそのままであるはずがない。理屈にあわない」

ロードは仏頂面で首を振り、これ以上話しても無駄なので、ガラガラヘビに話を聞いてもらいにいくと言った。

ドナは無意識のうちに優しい笑みを浮かべた。「あなたは親切心からだけで言ってるんじゃないんでしょ、トム。わたしにここにいてほしいんでしょ」

「ここにいてほしい？」ロードは自分の額を叩いた。「どうして？ 水に濡れた縄があれば、それできみを叩きだしていたはずだ」

「夕食をつくるわ、トム。何が食べたい？」

「そうだな。ドナ・スペシャルとかは？」

「ええっと――ドナ・スペシャルっていうと？」

「誰に訊いてるんだい。きみの料理じゃないか」

ロードは小屋から出ていった。

ドナはくすっと笑い、奇妙に満たされた気分のまま、夢のない穏やかな眠りに落ちた。

18

ロードが言ったとおり、問題は昨日のままではなかった。昨日は一日それを受けいれ、一日分の強さを手にしたことで、そこまで深刻ではなくなっていた。いまなら、少しではあるが微笑みながらそれに向きあうこともできる。それを掌中におさめ、ためつすがめつし、その重さを量り、自分の力を見きわめることもできる。それでも、身はひとりで、問題は数多くあるので、とても抱えきれない。夕暮れどきになると、圧倒されそうになる。だが、そうなっても、それはそういうものとして見切ることができる。次の日になれば、それはクローゼットのなかに消えていく。

驚いたことに、こんな人里離れた寂しいところでも、することはいくらでもある。小さな泉で沐浴をしたり。朝日や夕日を眺めたり。ただぼんやりと立って、ゆっくりと身体の向きを変え、絶え間のない風に吹かれながら、幼年期の世界の飾らない美しさに酔い痴れたり。この土地は太古の昔から何ひとつ変わっていないように見える。文明がそこを素通りしたことは、まわりを見まわしたらすぐにわかる。植生はまだ胎児期にあり、これといって目を引く植物は何もない。動物たちは人間の存在を知らず、その殺傷癖に恐怖を覚えてはいない。小鳥は餌をやると手に乗りそうになる。野ウサギは後ろ足で立って道をふさぎ、人間が近づくのを子供のような好奇の目で見つめる。臆病なコヨーテさえここでは大胆だ。もちろん人間を歓迎することはないが、怯えてあわてふためくこともない。

することも、見ることも、学ぶことも数多くあった。特に学ぶことは多く、その核にあるのが〝余所者《よそ》〟への思いやりだ。余所者はすぐ近くにいるかもしれないし、未来のどこかでふと現われるかもしれない。いずれにせよ、余所者にはつねに心配りをする必要がある。彼らのためを思ってしたことは、あまねく自分のためになる。廃タイヤやいらなくなった服は、それを必要とする者がいるかもしれないから、フェンスの支柱や木にかけておく。溝や穴には、そこで転ばないよう、その前に石を積みあげておく。

余所者は鳥の声に癒される。だから、地面に落ちた鳥の巣は元の木の枝に戻してやる。余所者のために、ガラガラヘビを退治したら、危険な毒牙をあやまって踏まないよう、死骸を木に引っかけておく。死肉を食べてくれる猛禽類に危害を加えてはならない。余所者は痕跡を残さずに立ち去ることを求められている場合が多い。同様の理由から、フンコロガシを踏みつけてはならない。この小さな黒い甲虫はすぐさま腐肉に群がり、せっせと玉状にして巣穴に運んでいってくれる。こんなふうにつねに余所者のことを考えなければならない。どんなときにも、どんな場合にも。

それはいいことだと思う。一般論としては当然だと思う。ひとがそれを実行に移すのは大賛成だし、みんながそうするようになったら、自分も率先してその一翼を担うだろう。でも、そんな日が来る可能性は少ない。とりあえずは場所を限定したほうがいい。ここのようなところなら、余所者への思いやりはさほど重荷ではなく、いつかはそれなりの見返りがあると期待することもできる。それ以上のことは望んでもできない。助けてくれる者を助けろ、とアーロンはいつも言っていた。天はみずから助くる者を助く。柔和なる者は地を継がん。強き者がほしいものを搾りとったあとで。

最後の一句はアーロンのジョークで、ことあるごとに馬鹿のひとつ覚えのように言っていた。でも、そのたびにいつも無理に笑わなければならない者にとっては、ジョークでもなんでもない。あと一回でも同じジョークを聞かされたら、あと一回でも無理に笑わなければならなくなったら、そのときはと思っていた。でも、もういい。アーロンはいいひとだった。素晴らしいひとだった。それに、その言葉はどこも間違っていない。

自分が助けを必要としていたとき、助けてくれる者は（トム・ロードを除いて）いなかった。ひとりもいなかった。利子つきの見返りの保証がなければ、誰も何もしてくれない。いつだってそうだ。父が家に残していった小さな子供たちのために身を粉にして働いて、結局のところ何が得られたか。さらなる奴隷労働。それだけだ。当時のマクブライド夫人はメイド兼ナースがほしかったから、賄いつきの部屋と引きかえに……

いいや、そんなことはない。それはちがう。自分はそれ以上のものを受けとった。きれいな服、学校教育、充分な健康管理、お小遣い、女の子のほしがるものはほとんどなんでも。アーロンは誰よりも優しく、親切で、奥さんと喧嘩してでも味方になってくれた。そりゃそうよね。なぜって奥さんは病気で先が短いし、魅力的な若い娘を後釜にするつもりだったんだから。たっぷり恩を売っておけば、足にだってキスをすると思っていたのだろう。そんなことを言いださなかったのが不思議なくらい。さんざんいやらしいことをしておいて……

だめ！　だめ、だめ、だめ！　そんなことを考えちゃだめ！　本当はそんなんじゃない。アーロンは安全と安心という世界でいちばん大事なものを与えてくれた。見返りは何も要求しなかった。無理に結婚することはない、と何度も言ってくれた。おまえの好きなようにすればいいよ。飢え死にしてもいいのなら……

日々はみなちがう。でも、みな似ている。いつも同じように流れていく。時間はとまったり、前に進んだり、後ろに戻ったりする。古い映画に出てくる車と同じだ。前進しているのに、タイヤは後ろに回っている。今日は明日になり、明日は今日になる。問題は小さくなって、去った。まだそんな遠くへは行っていないから、その不吉な影はいまも目に入る。でも、去ったのは間違いない。もう戻ってくることはないだろう。よほどのことがないかぎり。輝かしいゴールはすぐそこにある。世間体もあるので、表向きは認められない。それでも、ゴールはたしかに存在していて、意識下ではそのことを間違いなく望んでいる。なんとかなる。なんとかできる。おかしなことが起きなければ。しばらくのあいだ成りゆきにまかせておけば、失ったものはかならず戻ってくる。おまけもついてくる。大きな、大きなおまけ。最初の結婚に欠けていたもの、いままでほとんど気づくことのなかったもの。安定した結婚生活、プラスそれを生きがいに変える魔法。

すべてを手にできる。おかしなことが起きなければ。

だが、起きた。

ジョイス・レイクウッドが殺されたのだ。

無惨に叩きのめされた死体が家賃の集金に来た男によって発見された。死後何日もたっていたために、おおよその死亡時刻を推定することすらできなかった。ただ、夜の十時から翌朝の六時までというのはたしかなようだ。

その時間、トム・ロードにアリバイはない。

動機はある。

19

バック・ハリス保安官補の一家は、鉄道線路わきのコテージに住んでいた。部屋数は五つで、差しかけ小屋が付いている。実際のところ、それは線路用地内にあり、そのことは保安官事務所の同僚によるからかいの的になっていた。切符を見せないとなかに入れない、とネイト・ホズマー保安官補は言った。トイレに入ったら、通り過ぎる列車からトイレットペーパーをひったくれる、とディル・エステス保安官補は言った。ハンク・マッセー保安官補は紛れもない事実としてこうひとくさり語った。ある日、バックの家に泊めてもらったはいいが、そこは牛の運搬車両でな。困ったのはフォートワースの家畜置き場に着いてからだ。そこの業者はときおりおかしな話を聞くらしい。ビッグ・サンドから来る牛のなかには、バック家の客だと言い張るやつがいるという。そいつが牛でないなら、なんで牛みたいなモノをぶらさげてるんだ。なんでブル・ダラム牧場の焼き印が入っているんだ。そこで飼われてたからじゃないか。言い逃れはできねえぞ。「検査員が来なかったら、いまごろ缶詰の肉になってたところだ。焼き印が偽物だとわかって、返品になったんだよ」

バックは何を言われても怒らず、いつも口もとを手で隠して笑っていた。心のなかでは、父と同じように、悪たれ口にもほどがあると思っていたかもしれない。だとしても、口には出さなかった。あいつらは友達だ。友達でなかったら、あんなふうに笑いのめしたりしない。

誰も家に招かなくなってもう何年にもなるが、それはバックが気を悪くしていることとは関係ない。ただ単に家計が火の車だからというのと、子だくさんで客用のスペースがなくなったということにすぎない。

バックは煙草に紙を巻きながら、自分の家を見おろせるところに立っていた。悪くない。元々は保線員の宿舎だったことを考えたら、悪くないどころではない。建物は鉄道会社から二百ドルで払いさげてもらい、全面的に改築したものだ。当然ながら、土地つきではない。土地を買いとる余裕はなかった。周辺の鉄道会社の所有地を警備するという条件で、地代は免除してもらっている。

煙草の紙を舌で貼りつけ、先端をねじってすぼめる。できあがった煙草をくわえ、マッチを擦って、火をつけ、鼻から煙を吐く。

帽子を後ろに傾け、広く秀でた額をあらわにして、灰色の目をふたたび家に向ける。

見た目はまったく悪くない。原形はほとんどとどめていない。外装の塗料の色によってはもっと見栄えがしたはずだが、線路が近いので、淡い色にすると汚れが目立つ。それに、色については鉄道会社からの要請もあり、赤と黄褐色の二色の選択肢しかなかった。選んだのは黄褐色だった。

予想どおり、今度はそれがからかいの的になった。ハンク・マッセー保安官補が言うには、列車の乗務員がトイレ掃除をする場所と家があるところがぴったり一致しているんだから、家が糞色になるのは当然だ。「嘘じゃない。嘘だと思うのなら、誰にでも訊いてみな」

ディル・エステスが言う。「聖書の山に誓ってもいい。あんたがあそこに入居するまえにはな、バック、十六人の保線員が空飛ぶクソに当たって死んでるんだよ」

ネイト・ホズマーはまじめくさって言う。「笑いたきゃ笑えばいい、バック。大洪水が来るとノアが言ったときも、人々は笑った。それとまったく同じことさ」

バックは異形の口もとを手で隠して、へらへら笑った。こいつらは友達だから、怒る理由はない。なんなら、家を赤に塗りかえてもいい。だが、そうしても何も変わらないだろう。どっちにしても、からかわれる。機関士が鼻血を吹いたとか、車掌がイボ痔だったとか。何をどれだけ言われても、こっちは何も言いかえせない。いろいろ考えつくのに、頭のなかには言葉があふれているのに、口まで出てこない。歯並びと同様、それは混乱をきわめている。

秋の日の午後遅く、外は涼しく、過ごしやすい。子供たちは庭で遊んでいる。女の子ばかり四人。手作りのスウィングベンチに静かに揺られている。いちばん上が十三歳、いちばん下が六歳。みな足首までの白い靴下にエナメルのサンダル靴を履いている。みな糊のきいた同じ柄のキャラコのワンピースを着ている。妻のマミーが布地をまとめ買いしてつくったものだ。靴は使いまわしで、傷んだら、自分が繕ってやっている。この距離からでも子供たちの口がときおり金色にきらめくのが見える。歯列矯正器具に陽の光が反射しているのだ。それを見て、バックは誇らしさで胸がいっぱいになるのを感じた。娘のふたりは治療の最終段階で、あと二、三年もすれば歯は完璧なものになる。金色のフレームが付いているいまでも、これまで見たことがないくらいきれいになっている。本当にきれいだ。バック・ハリスの子だとは誰も思わないだろう。

ひとりが父親の姿に気づき、そのことをほかの者に伝えた。いっせいにスウィングベンチから立ちあがり、駆け寄ってくる。道幅が狭いので、ふたりずつ横に並んでいる。下のふたりが前で、上のふたりが後ろだ。立ちどまって、はにかむような笑みを浮かべ、膝を曲げて深々とお辞儀をする。

バックは帽子を取るべきかどうか迷ったが、結局はそこにぎこちなく手をやっただけだった。「こんばんは《グッド・イヴニング》、パパ」という娘たちの挨拶に、「こんばんは」と応える。南部と南西部では午後のどの時間帯も〝こんばんは〟になるのだ。娘たちはおたがいの顔を見あわせている。みなものすごい恥ずかしがり屋なのだ。嬉しさと気まずさが入りまじり、バックは身悶えした。娘たちはもう一度お辞儀をして、もと来た道を戻っていった。やはり下のふたりが前で、上のふたりが後ろ。ワンピースの細いベルトが同じように揺れている。

「こんちくしょう。なんてかわいいんだ!」バックは心のなかで叫び、笑い、頭のなかで何度も膝を叩いた。

保安官補になるまえ、バックはビリー・ボーイ・ベントリーの3B牧場で働いていた。バックの父はかつてその牧場で鍛冶と宿泊所の管理人の仕事をしていた。その父が酒に酔って、鍛冶場で焼け死んだあと、バックはビリー・ボーイ爺さんに引きとられた。そのときはまだ十歳で、学校には三カ月ほどしか通っていなかった。それなのに、ビリー・ボーイは杖でこづいたり突いたりしながらバックを応接室に連れていき、ガラス張りの棚にあった一冊の本をさしだして、こう言った。「これを読め。わしが指さしているところから始めるんだ」

もちろん読めない。アルファベットさえろくに覚えていないのだ。ビリー・ボーイはさからうのかと言って、杖で殴った。仕方がないから、バックは学校で教わったことを頭に浮かんだ順に並べ始めた。

「ヒトのつづりはC‐A‐T、イヌのつづりはG‐O‐D。6たす9は11に3を――」

「コラーッ、この野郎！　ふざけてるのか！」

頭をしたたか殴られて、バックは文字どおりぶっ飛ばされた。そのあと、ビリー・ボーイは文章を一単語ずつゆっくり読みあげていき、バックは指さされた文字を目で追いかけていった。

〝何よりも大切なのは、おのれに忠実であるということ……〟

その言葉の意味は、若いうちにほしいものを手に入れろ、ということらしい。年をとって、必要なものがなければ、他人のほどこしを受けるしかなくなる。つまり、他人をだまさなきゃならなくなるってことだ。歩けるのに這ったり、走れるのに歩いたりするのは、時間の浪費であり、なんの意味もない。いますぐ駆けだせ。屁をしたり、鼻を鳴らしたりしている場合じゃない。

「ひとにはこの世界があるだけだ。あとは花火だ。この世界、そして花火。ひとはそんなに長く生きられない」

バックは記憶することによって読むことを覚えた。そのときには、まだ字を書くこともできなかったし、読むということの意味も理解できていなかった。単語のかたちを覚えると、次にまた出てきたときに、それとわかる。そんなふうにして、いつのまにか読めるようになった。同じ要領で、演算などの基礎教育を身につけることもできた。怠けることは許されなかった。少しでもそのような気配があると、ビリー・ボーイの折檻が待っていた。

ビリー・ボーイ本人の話だと、牧場を始めたときには、鞄ひとつと六連発の拳銃一挺しか持っていなかったらしい。片方の手で金を鞄に詰め、もう一方の手で邪魔者を撃退していき、鞄が満杯になり邪魔者がいなくなるまで、それを続けた。もちろん口から出まかせだが、大まかなところはほぼ真実といっていい。大手の畜産業者の多くは、元をたどればならず者だ。後年のビリー・ボーイは過去の血の気の多さを後悔し、それでよかったのかどうか疑問に思うようになった。それでもバックには容赦なかった。バックは自分の至らなさを受けいれ、それを前提に最善を尽くすことを学ぶしかなかった。自分を憐れむようなことをしてはならない。

よだれを垂らしたり、食べこぼしをしたりすると、そのたびにビリー・ボーイは怒声を張りあげた。「この野郎！　肥料をぶっかけられた牛みたいな顔をするんじゃない」目が潤み、大きな喉仏が上下に動きだすと、そのたびに拳《こぶし》と罵声が飛んできた。「なんという情けないツラをしとるんだ！　乳を吸うラバじゃあるまいに。そんなツラをして、ひとが喜ぶと思っとるのか」

理解することはできた――ある程度までは。爺さんは爺さんなりに考えてくれていたのだ。当時のビッグ・サンドには、口腔外科医はおろか、正規の免状を持った歯医者すらいなかった。牧場はそこから郡の半分ほども離れている。車や馬で訪ねてくる者が何カ月もひとりもいないということもしばしばあった。

妻のマミーは3B牧場に隣接する狭い不毛の土地で生まれ育った。そこには仕事も居場所もなかったので、ビリー・ボーイの賄い婦として雇われた。そこでバックはマミーを見初め、マミーもバックに好意を抱いた。ラバの口もとは気にならないみたいだった。バックもマミーの片方の乳白色の目とわずかに萎えた左腕は目に入らなかった。つまり、ロマンスの条件はすべて揃っていた。なのに、なかなか実を結ぶところまでいかなかった。そのもたつきぶりを見て、ビリー・ボーイは業を煮やした。おまえたちは世界でもいちばん醜いカップルだ。ちがうか。どちらも高望みはできんはずだ。そう思わないか。いったい何をぐずぐずしとるんだ。

ふたりは結婚した。バックは子供ができるずっとまえから町に移ろうと考えていた。だが、それを実行に移すまえに、ビリー・ボーイが割りこんできて、早手まわしに保安官に口利きをした。3B牧場の郡への影響力はきわめて強い。それで、バックは保安官補の職を得ることができた。

ビリー・ボーイは餞別に牛を一頭もたせようとしたが、バックは断わった。近所迷惑になるかもしれない。出だしでつまずきたくない。

町に移ってからの数カ月は、ビリー・ボーイが頻繁にやってきて、牧場の産品をさしいれてくれた。牛の後ろ四半部やら、自家製の大きな燻製ハムやら何やら。安月給で物入りが多い身には、いずれもとてもありがたかった。バックはお返しをした。奮発して買った馬勒《ばろく》やら、高級ウイスキーの二本セットやら何やら。すると、それ以降ビリー・ボーイの足はぱったりと途絶えた。気分を害したからではない。そうバックは思い、信じた。それはビリー・ボーイの最後の試験であり、自分は見事に合格したのだ。

親切や施しを受けたときは、相応の返礼をしなければならない。不細工で、無愛想で、なんの特技も取り得もない者が、他人から好意を持たれ、なんの見返りも期待せずに何かをしてもらえるはずがない。

ビリー・ボーイは何度も何度も言っていた。おまえは罪深いまでに醜く、火の消えた地獄のように陰気な男だ。ひとさまに見せびらかせることができるものといえば、足腰の強さと頭の悪さくらいなものだ。

それがビリー・ボーイの教えだった。あるいは、バックが教えと理解したものだった。それを忘れたことは一度もない。トム・ロードが現われるまでは。

ほかの者のように、ロードはからかったり、笑いものにしたりしなかった。分けへだてなく普通に接してくれたので、こちらも同じように接することができた。気がねなく話をし、手で口もとを覆う必要も感じなかった。驚いたことに、これまでずっと閉じこもっていた殻がもう必要ないのではないかと思いさえした。

ロードの笑顔や言葉には元気の元が含まれているみたいで、いつも多くの同僚に囲まれていた。それでも、ロードは機会を見つけては、同僚たちの脇を擦り抜けて話をしにきてくれた。

はじめは、何かの間違いだろうと思った。ロードは底抜けのお人好しで、みんなにいい顔をしないではいられないのかもしれない。でなかったとしたら、ほかの者のように自分を馬鹿にしない理由がどこにあるのか。考えているうちに、思いもよらなかった嬉しい真実に行きあたった。好感を持ってくれているからだ。自分と友達になりたがっているからだ。医者の息子で、保安官事務所のナンバー・ツー、町でいちばんの頭脳を持ち、いかしたブーツをはいている男。その男が自分を友達に選んでくれた。ということは、自分とロードのあいだになんらかの共通点があるということかもしれない。ロードが持っているものの一部を自分は持っているということかもしれない。

家族のあいだではたがいに敬意を持って接していたが、それを口に出すことはなかった。妻とは頬を赤らめることなく挨拶を交わすこともできないくらいだった。娘たちは自分たちだけのときは普通におしゃべりをしているが、そうでないときは口数が極端に少なくなった。けれども、バックがロードと親しくなると、状況は一変した。急に言葉があふれだした。なかでもいちばん目立ったのはバック自身の言葉だった。

「今日はトム・ロードと長いこと話したよ」と、食後のコーヒーを飲みながら、さりげない口調で言う。「意見を聞かせてくれないかと言われてね……」娘たちは真剣なまなざしで話を聞き、控えめな質問で先を促す。バックはロードがなんと言い、自分がなんと返事したのかを話して聞かせる。マミーは夫が上機嫌でいることを喜び、萎えた腕をひきつらせたり、くねらせたりしている。

ロードと同様バックは早くから身元確認用のファイルの作成の必要性を感じていたが、ロードをさしおいて、そんなことを言いだすのはおこがましい。いずれにせよロードは副保安官であり、最初に声をあげる立場にいる人間だ。とりあえずは、そういった話が持ちあがったときに備えて準備をしておけばいい。そのときにはロードに意見や協力を求められるだろう。そう思っていた。

そのときが来て、ロードに何も求められず、引っこんでいろと言われたときには、さすがに落ちこんだ。それでも決して悪くは思わなかった。ロードはこのところしょっちゅうブラッドリー保安官から冷たくあしらわれて腐っているから、少しくらい無愛想になるのはやむをえない。何があろうとロードに対する思いは変わらない。変わらせない。ロードはいちばんの友人であり、唯一の友人なのだ。ロードとの友情なしには——

それがとつぜんなくなった。

とつぜん消え去り、ぽっかりと穴があいた。それを埋めたのは、思いもよらぬおぞましい殴打の記憶だった。

差しかけ小屋の〝書斎〟で、バック・ハリスは木箱の机に向かい、床に積みあげられた本の山をぼんやりと見つめていた。いまも石油ブーム以前のままの予算で運営されている地元の図書館には、ほしい本が一冊もないので、いつもなけなしの金をはたいて為替証書を買い、郵送で取り寄せていたのだ。内容は犯罪捜査、指紋、写真、筆跡、毒物学、弾道学、刑法……そのうち一冊は二十五ドルもした。総額は一ヵ月分の給料を遥かに上まわる。できることならもう考えたくないが、ふと気がつくと、そこからの連想で、町にやってきた四人の余所者のことを考えていた。

表向きは四人ともハンターということになっている。ハンターになりすますのは別にむずかしいことではない。秋から冬にかけてこの地方には東部から大勢のハンターがやってくる。その四人が町に来たのは数日前で、その直後に仲間のひとりがインフルエンザで寝こんだ。それで、狩りは中止になり、残りの三人は町でぶらぶらして過ごした。仲間ならいっしょに行動しそうなものなのに、いつも別々だった。ひとりは地元の住民と世間話をしているあいだに、ほかの者はコーヒーショップに入ったり、ビールを飲んだり、ビリヤードをしたりといった具合に。病気で寝ていた者が元気になると、今度は別のひとりが体調を崩し、結局のところ、ハンターたちが動物を追いかけることは一度もなかった。この町へ来た真の目的は別種の狩りだった。

四人の身元は、ペリーノ同様、早い段階で割れていた。バックは犯罪者のリストにロードと同じくらい仔細に目を通し、ハイランド社による詐欺行為についての情報を丁寧に拾い集めていた。ロードが睨んでいるとおり、ハイランド社の裏には間違いなくギャングがいる。それで、その四人が何者なのかも、なぜ町にやってきたのかもすぐにわかったのだ。ペリーノは大きな仕事上のミスをしたにちがいない。四人はペリーノの仕事仲間であり、その後始末をしなければならなくなった。それは下っぱにまかせられるほど簡単なことではない。そのようなことを引き受けようとする者も、引き受ける能力のある者もいない。そうでなければ、トップの人間が表に出てくることはなかっただろう。そして、出てきたからには、どんなことがあっても捜している獲物を見つけだし、即座に手を下すにちがいない。

バックはふたたび積みあげられた本に目をやった。失われた友情。もうひとつの大きな痛手——本に費やした多額の金。そして四人の男。連中が気楽に見せびらかす札ビラ。恐怖と怒りがこみあげてきて、バックは本から目を離した。まあいい。上等だ。ロードはツケを払わされることになる。だが、払わせるのは自分だ。ほかの者には手を出させない。それで一稼ぎできる。

小さなノックの音と、妻の控えめな声が聞こえた。「入っていいかしら」

「いいよ」バックは立ちあがった。「どうぞ、マミー」

マミーは悪くないほうの手にカップとソーサーを持って、部屋に入ってきた。「コーヒーをいれたんだけど、いかが」

バックはそれを受け取り、口のなかでもごもご言った。「ありがとう、マミー」

マミーは本に目をやり、すぐにそらした。指で髪を梳き、その一房を乳白色の目の上に垂らす。

バックはブーツを床にきしらせ、口もとを手で覆う。

「あの……何かあったの、バック」

「いいや、べつに」

「今夜のトウモロコシパン、固すぎなかったかしら。口の具合はどう？　痛みは？」

「だいじょうぶだよ」その声には冷たさが混じりはじめていた。「もうなんの痛みも感じない」

「そうなの？　よかった」視線が無意識のうちに本の山のほうへ向かう。

「本のことが気になるようだね。じつは燃やそうと思ってるんだよ。庭で火をおこして。よかったら、いっしょに庭に出て、火のまわりでスクエアダンスを踊らないか。絶世の美女と美男のダンスってわけだ」

マミーはうなだれた。

バックは言った。燃やすんだったら、売ったほうがいいと思うかもしれない。おまえも娘たちもろくなものを食べてないんだから。屋外便所のようなところに住み、小麦粉の袋のような服を着てるんだから。「でも、心配することない。一儲けする方法を思いついたんだ」

マミーはうなずき、それから首を振った。好きなようにすればいい。しなくてもいい。そのことで、あなたを責めるつもりはない。あなたは深く、深く傷ついている。でなければ、そんなことをするはずはない。

「じゃ、行くわね。子供たちにおやすみを言っておきましょうか」

「いいや、こう言ってくれ。金の心配はするな。おまえたちのママには、フックつきの義手と、鼻汁のように見えない目玉を買ってやるって」

「おやすみと言っておくわ」マミーは言って、静かに部屋を出た。

バックはあとを追って、一歩だけ足を前に踏みだした。恥と後悔の念に押しつぶされて、その場で死んでしまいそうだった。

自分の妻になんでこんな仕打ちができるのか。トム・ロードよりひどいじゃないか。弁解の余地はまったくない。殺人容疑でつかまりそうになっている者がトチ狂うのはわかる。けれども――

バックは苦い顔をして、腹立ちまぎれに本を蹴った。嫌な思いをしたからといって嫌な思いをさせていいということにはならない。自分がひどい仕打ちをしたからといって、ロードの仕打ちが帳消しになるわけでもない。あの四人の男たちは――あの四人のハンターたちは……

遅かれ早かれ、知りたがっていることを見つけだすだろう。見つけださなければならないのだから、見つけだす。自分が何をしようと、何をすまいと、連中はかならず見つけだす。

20

ドナは小屋のベッドに腰かけて、ブラッドリー保安官が努めて冷静な口調で問いかける声と、トム・ロードがどうでもいいことのように言葉少なに答える声を聞いていた。ふたりがいるところから数フィートしか離れていないのに、声は何マイルも先から聞こえてくるような気がする。全身がしびれている。身体の内側と外側から輪っかのようなものに締めつけられ、そこからどうしても抜けだすことができない。

「……のことだが、トム」ブラッドリーは言った。「きみには動機がある。きみは一度裏切られた。二度目がないという保証はない。先に言いぐさを変えたように、また変えるかもしれない」

「かもしれない」ロードはうなずいた。「でも、そんなことをしても何もならない。マクブライド夫人があれは事故死だと言ってるんだから」

ブラッドリーは首を振った。「言ってるのは、知っているのと同じじゃない。ミス・レイクウッドは目撃者だ。目撃者はほかにふたりいる。油田労働者のカーリー・ショーとレッド・ノートンだ。そのふたりがきみに有利な供述をしたとしても――」

ロードは肩をすくめ、ふたりがいまどこにいるかは見当もつかないと言った。「手を尽くして調べたら、見つかるかもしれない。でも、だからといって、結局は何が変わるわけでもない。ちがうかい」

ブラッドリーの目には意地の悪そうな光が宿っている。「そのとおりだ。きみに言わせれば、ミス・レイクウッドはしてはいけないことをした。つかなくてもいい嘘をついた。もちろん、きみとしちゃ、そんなことをされて、気分がいいわけはない」

ブラッドリーはここに来てからドナをほとんど見ていなかった。ドナがロードは無実だと信じているとたどたどしい口調で話しているときも、ほとんど知らんぷりだった。ハンク・マッセー保安官補のほうは部屋に入った瞬間から催眠術師のような目でじっとドナを見つめていた。まるで心のなかで服を脱がそうとしているみたいに（実際そうだった）。だが、ブラッドリーは全神経をトムに向けていた。

そうしなければならなかった。もともとブラッドリーの集中力は、たとえ分散させなくても充分とはいえない。

「いいか、トム。家に押しいった痕跡はない。それが誰だったにせよ、家に入れてもらったということだ。面識がある者で、恐怖を感じるような者じゃなかったということだ」

「面識といえば、ズボンをはいた町民のほとんど全部とある。そう簡単に恐怖を感じる女でもない」

「ミス・レイクウッドはもう長いこと客をとっていない。それに、そう簡単に恐怖を感じないからといって、きみを除外することはできない」

「だから、ほかの者は無視するってことか」

「そうは言ってない。きみから始めるとは言うかもしれない。十時から六時までのあいだのアリバイがあれば、ほかをあたることにする」

「アリバイがなかったら?」

「ほかはあたらない」

ドナはしびれるような恐怖の輪っかを打ち破ろうとして身体を揺すった。こんなことはあっちゃいけない。なんとかしなきゃならない。輝かしいゴールは、手をのばせばつかみとれるくらい近くにあるのだ。

トムは殺していない。ばかばかしい。アリバイがないというだけで、どうして殺人犯扱いされなければならないのか。自分だって、そのときどこにいたか証明することはできない。だからといって——

動機はある。少なくとも、動機らしきものはある。家に入れてもらうこともできた。殺人犯がそうであったように。だとしたら……

かっとなったのかもしれない。激情に駆られたのかもしれない。拳銃は持っていなかったけど
——

ドナはその可能性について考え、喉を震わせて息を吸い、そしてそれを受けいれた。

だからといって、何も変わらない。トムは依然として自分のトムであり、愛する将来の夫であり、生涯の伴侶として非のうちどころのない人物だ。蓮っ葉な娼婦と関係していたことにはもちろん失望させられた。でも、それは自分たちが出会うまえのことだ。トムはその女に色目を使わ

れ、かどわかされたにちがいない。天寿をまっとうできなかったとしても、それは誰のせいでもない。本人の責任だ。もちろん気の毒だとは思う。運が悪かったのだと思う。トムと同じくらいに。でも、まっとうな生き方をしている者だったら、あんな死に方はしなかったはず。

「どうだ、トム。何か言いたいことはあるか」

「アリバイはあるかという意味かい？　あんたはどうなんだ。その日の夜の十時から明くる朝の六時までどこにいた」

「わしのことはどうだっていい。どうしてわしがそんなことを――」

「動機は充分にある。供述をひるがえしたことに、あんたは激しい怒りを覚えていたはずだ。保安官なら、怪しまれることなくすんなり家に入れてもらえる」

怒りに満ちた沈黙が垂れこめた。ハンク・マッセーは視線をロードに向け、拳銃に手をやった。

「よかろう、トム」ブラッドリーは言った。「きみを逮捕する。さあ、行こう。やっかいなことになるまえに」

「やっかいなことって？」

「これだ」マッセーは拳銃を構えた。「このまえはバックをえらい目にあわせてくれたそうだな、トム。脳天に一発ぶちこんでやる」

「ここにしてくれ」ロードは言って、自分の鼻柱を軽く叩いた。「髪を乱したくない」

ブラッドリーは怒りと困惑にあわあわ言いはじめた。ロードは目をくるっとまわし、くすっと笑った。そして、拳銃の撃鉄が引き起こされたとき……

ドナは自分を閉じこめていた恐怖の輪っかを打ち破った。「待ってちょうだい！」と言って、素早く前に進みでた。「トムにはアリバイがあります！」

マッセーはドナのほうを向いて、拳銃をホルスターに戻した。ブラッドリーは首を渋々といった感じでまわして、ロードから目を離した。

「ところで、マダム、きみはここで何をしていたんだね。いつからここにいたんだね」

「そんなこと、ひとの勝手でしょ」ドナは顎をつんとあげ、ブラッドリーのしかめ面に向かって言った。「あなたのオフィスを訪ねた日からずっとです。その日ここに来たんです」

ブラッドリーの表情は曇り、思考はぼやけ、集中力は四方八方に拡散した。どうもおかしい。ここはドナ・マクブライドがいるべきところではない。そのことについて最初に問いただすべきだった。だが、ロードにすっかり気をとられて——

「まあ、ちょっと待ちなさい」ブラッドリーは言った。「最後に会ったとき、きみはトムを殺すつもりでいたようだが」

「そう見せかけたんです。あなたがトムのことをどんなふうに考えているかはわかっていた。だから、そうすれば、トムの居所を教えてもらえると思ったのよ」

ブラッドリーはすがるように保安官補に目をやったが、助け舟は出してもらえなかった。マッセーはドナのことを話に聞いていただけで、会ったことはこの日まで一度もなかった。ドナが保安官事務所を訪ねてきたときは、二度ともそこにいなかった。

ブラッドリーは険しい顔で顎に力を入れた。なんとかして、拡散した集中力を元に戻さなければならない。

「まあいい。順を追って見ていこう。きみはここに来るまでトム・ロードと会ったことはなかった。一面識もなかった。だが、町に着いて二十四時間もたたないうちに、なぜか会いにいった。どうしても会わなければならなかった。そのために殺すつもりでいるというふりをした。そういうことなんだね」

「え、ええ。そういうことよ。わたしは――わたしはその前日トムに会って――」

「そんな話は聞いていない」

「でも、そうなの。トムの家へ行ったの。そこで気分が悪くなり、一夜を明かさなきゃならなくなった。翌朝、わたしが起きるまえに、トムは家を出ていった。たしか六時半ごろだったと思うわ。家から出ていった音が聞こえたのよ。お世話になったお礼も言えなかった」

「まだ続けるつもりかね、マダム。ここでやめたら、捜査妨害をしたことは忘れてもいい」

「わたしは本当のことを言ってるのよ！　診察室にはわたしの指紋が残ってるはず。それから、二階のベッドルームにも」

「調べてみよう」

「望むところよ」

ドナは胸の鼓動が速まり、顔が赤らみ、息が切れるのを感じた。どうしてトムは黙っているのか。どうしてすべて他人まかせで、自己弁護をしようとしないのか。そう思うと、ちょっと腹立たしくなった。

「わかったよ、マダム」ブラッドリーは渋々言った。「おそらく、きみはあの夜トムの家で一夜を明かしたんだろう。調べたらすぐにわかることだが、それまではそういうことにしておこう。そして、六時すぎにトムが家から出ていく音を聞いた。でも、夜の十時からの時間についてはどうなんだね」

「トムは……トムはずっと家にいた」

「どうしてわかるんだね。夜通し起きていたんじゃないんだろ」

「そりゃ、もちろん。でも——」

「起きていたとしても、たいした違いはない。なにしろ広い家だ。誰にも知られずに出たり入ったりすることは簡単にできる」

ブラッドリーは顔になんの表情も出さずに待った。マッセーは片方の足からもう一方の足に体重を移しながら、ドナの身体をまた嘗めるように見ていた。ロードは物憂げに微笑み、考えこむように目を細め、黙って立っていた。

「どうだね、マダム」ブラッドリーは言った。「ほかのことはきみの言うとおりだということにしよう。簡単じゃないが、それはそれでかまわない。でも、このことについては、わたしが正しいのじゃないかね。トムが夜通し家にいたと断言することはできまい」

「い、いいえ、断言できるわ！　本当よ！」

「じゃ、どうして――」

「トムが夜通し家にいたと誓って言えるのは、それは――それは、わたしたち、同じベッドにいたからよ」

ブラッドリーはあんぐりと口をあけ、何かを払いのけるように手を振った。「し、しかし、マダム、ご主人を亡くしたばかりなのに――」

「そんなこと、どうだっていいでしょ。本当のことなんだから。なんなら、法廷で証言してもいい。まさかそこまでしろとは言わないと思うけど」

ブラッドリーは急に肩を落とし、マッセーに目で意見を求めた。

マッセーはうなずいた。「仕方ありません。ふたりはここでよろしくやってるんです。町でベッドをともにしていたとしても不思議じゃありません」

「そうかもしれん」ブラッドリーは気抜けしたように言った。「わしゃ、人間ってもんがわからなくなったよ。帰ろう」

ふたりは立ち去った。

ロードはレンジの前へ行って、湯気の立つ鍋の蓋を取り、スプーンでシチューの味見をした。舌鼓を打ち、それから眉間に皺を寄せて一思案したあと、振りかえって言った。味はまずまずだが、あとほんの少し塩を足したほうがいいかもしれない。ひとつまみもいらない。ごく少量でいい。

ドナは湯気ごしにロードを睨みつけた。鍋が手の届くところにあったら、それを投げつけていたかもしれない。

「それだけ？ 言うことはそれだけなの？」

「えっ？ あ、ああ。きみが打った芝居のことだね。うん、名演技だったよ。前提となる条件を考えたら、普通はあそこまでできない」

「名演技？ わたしはあなたのために嘘をついたのよ。恥ずかしい思いをして……前提となる条件って？」

「きみはおれがジョイスを殺したと思っている。同様にペリーノも殺したと思っている」

「いいえ、そんなことは――」ドナは言い、それから怒気をはらんだ声で続けた。「いいわ。そう思ってたことにすればいい。だったら、どうなの。だったら、わたしはもっと感謝されなきゃならないはずよ」

「きみが求めてるのは感謝だけかい。ありきたりな感謝だけじゃ、きみの恩義に報いることはとてもできないと思うけど」

「な、なんですって？ どういうことかわたしには――」

ドナはしゃくりあげ、両手で顔を覆った。よろよろとベッドのほうへ歩いていって、そこに倒れこむと、枕に顔をうずめて泣きじゃくりはじめた。

ロードは長いこと動かなかった。長いことドナを見つめ、そして自分を見つめて、両者を比較していた。そんなに大きくはちがわない、というのが結論だった。少なくともこの時点では、どれほどの相違もない。

ブーツが音を立てて床を横切る。ロードはベッドの横に膝をつき、ドナの身体に腕をまわした。

「聞いてくれるかい、ドナ。ハニー……」

「いやよ！　何も言わないで！　どうせ意地悪なことを言うに決まってる。あなたなんか嫌いよ！　大嫌い！　あなたなんか、トム・ロード――」

「嫌われたくない。きみを愛してる」

「そんなことどうだっていい！　あなたは――」ドナははっと息をのみ、振りかえった。「わたしを――わたしを愛してると言ったの？」

返事を聞くまえに、ドナはロードの首に腕をまわし、胸に引き寄せ、しゃべり、笑い、すすり泣いた。「嬉しいわ、トム。わたしも愛してる。あなたのためならどんなことでもする。さっきもそう。そのことを証明しようとしたのよ。でも、あなたはどうしてあんなふうに振るまったの、トム？　まるでわたしが――わたしが――」

「ちょっと混乱していたんだと思う。救いの手をさしのべてくれたのは嬉しかったが、そんなことをしてくれる理由がよくわからなかったんだ」

「それは――それは、あなたを愛してるからよ」ドナは言って、ロードの顔を胸に引き寄せた。

「ほかにどんな理由があるというの？」

ロードは言った。どんな理由があるかはわからない、いや、わからないでもない。知りあってからいくらもたっていないし、普通じゃこういう関係にはならなかったはずだ。

「おれは何かを探していた。たぶん自分を探していたんだと思う。きみはそれを見つけだす手助けをしてくれた。一方のきみも何かを探していた。それをどうしても必要としていた。おれがいたから、きみはそれを手に入れることができた」

「そうね。あなたのおかげよ。あなたのお役に立てて嬉しいわ」

「おれたちはおたがいを助けすぎたのかもしれない。おれはものごとをはっきり見きわめないと安心できないたちなんだ。きみはたぶんそうじゃない。おいしそうなものがあれば、きみはすぐに飛びつく。誰がそれを持っているかを気にすることはない」

「いやね、トム」ドナはじれったそうに身体をよじりながら言った。「犬じゃないのよ。おたがいに愛しあっているなら、理由なんてどうだっていいじゃない」

ロードは言った。犬は悪いたとえじゃない。どちらにも、うまくあてはまる。でも、犬より少しはまともなことをしなきゃならない。「そこで、きみが言った理由だが、どうだっていいということには決してならない。つまりこういうことだ。きみはおれに借りがある。おれはきみに大きな恩義がある。きみはおれがジョイスを殺したと頭から決めつけていた。もちろんペリーノも。さらには――」

「やめて、トム。漠然とそう思っていただけよ。決めつけてなどいないし、そんなふうに言ったつもりもない。とにかく、あなたが何をしたとしても、それはあなたの責任じゃないとわたしは思ってる。ペリーノは人殺しだし、あの女は——」

「なるほど。でも、この先ずっとそう思っていられるかどうかはわからない。ときおりその話を持ちだして、鞭を振るようになるかもしれない。おれはびくびくして暮らさなきゃならなくなる。そのうちに鞭を振るだけじゃなくて、首を縄で……」

「お願い、トム。そんな言い方をしないで」

「可能性はある。ひとは窮地に追いこまれたら簡単にひとを殺す。そうとも。おれだって自分を守るためならそうする。きみの場合にも同じことが言えるわけで……」

ロードは迫る宵闇に溶けこむような優しいささやき声で話しつづけた。遠いところで、コヨーテが不気味なうなり声をあげている。それに対抗するように、夜風が甲高い音を立てて吹いている。

「トム……」ドナはいらだたしげに言った。「できれば、その話はあとに……」

「こんな話は最初からしないほうがよかったんだ。あとまわしにすれば、意味がなくなるかもしれない」

ロードはドナの胸から手を離していた。その手はいま喉まであがってきて、細い首に指をまわし、ゆっくり優しく絞めはじめている。

「どういうことかわかるな。こんなことは最初からわかってなきゃいけなかったんだ。おれは必要なら誰でも殺す。きみは危険を承知でここに来て、こんなふうに……」

ドナの身体が急に動いた。腕を激しく振りまわし、床に倒れこみ、震える手を前に突きだして、後ずさりする。

ロードはくすっと笑った。その口もとは悲しげに歪んでいる。

ドナの顔に血の気が戻った。口もとをほころばせたが、微笑みはしかめ面にしかならず、ぎこちない笑いはニワトリの鳴き声のようにしかならなかった。

「そ、それって、あんまり面白くないわ、トム。もちろん冗談だってことはわかってたけど、そうね、結局のところ――」

ロードはうなずいた。「結局のところ、きみはおれを知らない。だから、知ったところで何の価値もないかもしれないが、教えてやろう。おれはペリーノを殺していない。ジョイス・レイクウッドも殺していない。ジョイスはペリーノに殺されたんだと思う。おそらく命令に従わなかったからだろう。でも、本当のところはわからない。わかってるのは、おれはペリーノもジョイスも殺してないってことだけだ。そのことはわかってもらいたい」

「でも――」ドナは気まずげに目を伏せた。「ごめんなさい、トム。でも、だからといって、さっきのようなことをしなきゃならないってことにはならないでしょ」

「かもしれない。少なくとも、きみには思いもよらなかったことだろうね。結局はすべて同じところに戻ってくる。おれたちは先を急ぎすぎていた。ここから前へ進むためには、考えなきゃならないことがいっぱいある」

ロードは帽子をかぶり、ドアのほうへ歩きはじめた。そして、肩ごしに、夕食の支度はしていない、ひとりで先に食べておいてくれと言った。

「帰りを待ってるわ、トム。遠くまでいくの?」

「いいや。ちょっとそこまで行くだけだ」

ロードは外に出て、ドアを閉め、草地に出た。思案顔で歩きながら、上の空でポケットから葉巻を取りだす。沈みゆく太陽の鈍い光がヤマヨモギを銀色に染めている。あちこちでウサギが夜にそなえて最後のぬくもりを身体にたくわえている。リスは火の消えかかった暖炉の前の子供のように背中を丸めてすわり、小さな手を前に垂らしている。

ロードは顔をしかめて、首を振り、いらだたしげに地面の土のかたまりを蹴った。今日のロード対ロードは混乱をきわめている。どちらのロードが癇癪持ちのろくでなしで、どちらのロードが分別のある真人間なのかわからない。

もちろん自分は完璧じゃない。完璧とは程遠い。それゆえ、自分の判断に寛容であるべきなのか。それとも、逆に寛容であってはならないのか。これまで数えきれないほどのトラブルに見舞われてきたのは、自分が完璧でなかったからだ。ロードともうひとりのロードが折りあうのは利口とは思えない。それに——いや、そんなことはどうだっていい。ひとが自分よりすぐれた者を求めるのは当然のことだ。すぐれた相手がいなければ、選択の余地はない。だったら、くだらないジョークを飛ばし、おたがいをだましあうしか能のないパイプラインの作業員のほうがまだいい。ロードはため息をついた。まあいい。証拠はある。それを考えると、あきらかにいまは待って、様子を見たほうがいい。よほどのことがないかぎり、いまは何も動かさないほうがいい。

マッチを見つけて、葉巻に火をつけかけたとき、遠くのほうでピシッという音がした。

だが、ロードには聞こえていなかった。遠く離れていたし、風は音が伝わりにくい方向に吹いている。また鈍い小さな音がし、十フィートほど手前で砂煙があがった。このときの音もほとんど聞こえなかった。逆に言うと、少しは聞こえた。

葉巻に火をつけながら見ていると、風が砂煙を吹きとばし、そこに落ちているものが目にとまった。

ライフルの銃弾だ。

21

四人のハンターは正午ごろに町を出た。バック・ハリスはしばらく距離をおかずに尾行し、車の進路が定まり、交通量が少なくなると、そこで大きく距離をとった。

ずっと見張っている必要はなかった。行き先もわかっているし、そこに直行しないこともわかっていた。表向きはハンターだ。だから、あまり遅い時間に町を出ることはできない。〝狩り〟が始まるまでには時間がたっぷりある。夜の帳《とばり》がおりるまで、道路わきのどこかに身を潜めていなければならない。そうするための場所は、考えたらすぐにわかる。打ち捨てられた試掘井だ。

バックはときどきスピードメーターを見ながら、おんぼろ車をゆっくり運転していた。それから二時間ほどで草地に入り、涸れ川ぞいに一マイルほど走った。そこで双眼鏡を持って車をおりた。

帽子を脱ぎ、坂をのぼり、いちばん高いところから下を見やった。場所的にはちょうどいい。ほぼ正面に、マッチ棒のよう試掘井のやぐらと、その周囲の付帯施設が見える。

双眼鏡は保安官事務所の備品のひとつで、高倍率のズームを搭載している。遠距離の目標物に焦点をあわせると、思わず感嘆の声が漏れた。

実際には五マイルほどの距離があるのに、数フィートしか離れていないように見える。そこは飯場の裏で、車も同じところにある。四人の男はライフルをいじったり、葉巻を喫ったり、しゃべったり、酒を回し飲みしたりしている。

バックは車に戻ると、道路に出て、試掘井のほうへ向かった。あの四人はしばらくのあいだどこにもいかない。行動を起こすまで、少なくとも三時間くらいはあるはずだ。そのあいだにもっと近くまで行ける。高いところへのぼれば、気づかれることはない。

数分後、別の涸れ川ぞいに百ヤードほど行ったところで車をとめた。車をおりると、双眼鏡とライフルを持ってさらに奥へ進み、飯場が正面になる位置で坂をのぼり、いちばん高いところからまた下を見やった。

このときはおやっと思い、眉間に皺が寄った。双眼鏡の焦点を調整しなおし、ふたたび目の前に持っていく。いまいるところからは、試掘井全体が見わたせる。飯場の窓と倉庫の開いたドアごしに、なかを見通すこともできる。飯場の後方の林や藪も一望できる。もしかしたら、そこに隠れているのかもしれない、でも、どうしてそんなことをしなければならないのか。筋が通らない。かりにそこに隠れているとしても、車はどこにあるのか。

どこにもない。車もないし、四人の男の姿もない。

困惑し、坂を滑るようにおりながら、バックは思案をめぐらせた。

つまりこういうことだ。最初に車をとめたのは、ここから五マイルほど離れたところだ。そのとき誰かが発砲したとしても、音は聞こえなかっただろう。道路に戻る途中なら、何が起きても、何もわからなかっただろう。連中の姿を見なかった時間は二、三十分ほどあり――

だが、それでは車の説明がつかない。なんらかの緊急事態が発生し、急に退散しなければならなくなったとしたら、どこかでかならず車を見たはずだ。試掘井からの道はハイウェイではない。どんなに急いでそこを通り抜けたとしても、ちらっとも見られずに行方をくらますことはできなかったはずだ。ということは……

まったくわけがわからない。

車は消え、四人はいなくなった。それはそのとおりだ。けれども、そんなことはありえない。連中は試掘井の周辺にいなければならない。

バックは手の甲で目をこすった。それから、ふたたび坂をのぼると、双眼鏡の焦点を調整しなおし、ゆっくり弧を描くように移動させた。飯場、料理小屋、倉庫、パイプの棚、やぐら、ヘドロの穴……

楕円形の土手に囲われたヘドロの沼を見ているうちに、胃がむかつき、吐き気がしはじめた。ヘドロの表面に、無数の泡があがってきて、はじけている。泡のなかには、途中で合体して大きくなるものもあり、消化不良を起こした巨人がげっぷをしているように見える。

鳥はそこに墜落する。カエルやトカゲやヘビはそこで罠にかかる。小動物はそこに迷いこみ、ヘドロに呑みこまれる。

掘削作業が完了するか、廃坑になるかしたとき、油井は埋めたてることが法律で義務づけられている。だが、ハイランド社は必要に迫られないかぎりそのようなことに金を使おうとはしない。そもそも、広範囲に及ぶ油田のすべてで、法律を厳密に執行することは不可能に近い。

連中もあそこに落っこちて、沈んでしまえばいい。苦虫を嚙みつぶしたような顔でそう思いながら、双眼鏡を目から離しかけたとき……

「ちょ、ちょっと待て！　あれはいったい……？」

巨人が無理やり吞みこんだ大きなものを吐きだそうとしているように見える。

ヘドロの沼がほぼ全域にわたって揺れ動き、泡立ち、ガスを噴きだし、小さな波を立てている。と、何かがいきなり上にあがってきて、その先端部分が見えるようになった。それは少しのあいだそこにとどまり、その表面からヘドロが滑りおち、陽光が金属の先端部分に反射した。それで、そこにあるものが何かわかった。それは一度に一インチずつゆっくり沈んでいった。このときは沈んだままだった。

「神よ！」バックはふたたび叫んだ。それは祈りの言葉だった。

これで車のありかがわかった。そして、おそらく四人の居所もわかった。言うまでもなく、彼らがヘドロの沼にやってきたのは、故意でもなければ、偶然でもない。何者かが連れてきたのだ。トム・ロードか？　いいや、ちがう。車がなければ、小屋からここまで来ることはできない。わけがわからない。だが、わけのわからないままで放ってはおけない。誰の仕業であれ、いまもこの近くにいるはずだ。姿を見ることはできないが、まだこの近くにいるのは間違いない。見つけだすのはそんなにむずかしいことではない。

としたら、できるだけ急いで車に戻らなければならない。そう思って、バックは岩だらけの涸れ川の河床をぎこちない足取りで駆けおりはじめた。死んだ男たちのことを思うと気分が悪くなった。連中がどういう類の人間であれ、少し哀れな気がする。誰もあんなふうに死ぬべきではない。あのような殺し方ができる者は、よほどの悪党か、正真正銘の狂人にちがいない。大急ぎで道路に出て、そこを半分ほど横切ったとき、ふと気がついた。それが何を意味するかわかってくると、怒りと恥ずかしさで顔が赤くなった。

ひとはどれほど馬鹿になれるのか。自分はいったいどこまで間抜けなのか。

見事にしてやられた。四人の男たちは飯場の裏にいて、道路を見ることはできなかった。何者かが飯場の近くに身を潜めて、見張っているとは思っていなかったにちがいない。だから、造作もなかった。あとは、バックの横をこっそりと通り抜け、後ろを迂回すればいいだけの話だ。車にはキーがささったままだった。愚かにも、キーを抜いて持っていかなければならない理由を思いつくことはなかった。

車のタイヤのあとは町のほうへ向かっている。いまできるのは、そのあとをとぼとぼとたどることしかない。四人の男たちの車は、流れ弾に当たって使い物にならなくなったのだろう。だから、別の車を手に入れ、犯罪の証拠になるものをあとかたもなく消し去った。自分がその場にいたら、自分も間違いなく殺されていたはずだ。だが、その場にはいなかったので、こうして歩くことになった。やつ、あるいはやつらにしたら、歩いてあとをつけてこられる分にはなんのさしさわりもない。

くそっ！　お粗末にも程がある。自分の目の前で四人の男が殺されたのだ。それだけでなく、車まで盗まれるなんて……

バックはそれなりに知的な男だが、頭の回転の速さという点ではやや難がある。だいたいのところは正解を見つけだすが、それまでに時間がかかる。

なので、しばらくのあいだ、くっきりとしたタイヤのあとは、単なる侮辱のしるしとしてしか見ていなかった。自分を小馬鹿にしていたから、わざと路肩を走り、標識のようにわかりやすいあとを残したのだろう。

それが最初の考えだった。どうせ何もできないと思ったから、あえて痕跡を隠そうとはしなかったのだろう。

それから、さらに一マイルほど進んだところで、別の考えが頭に浮かんだ。進行方向を示す痕跡がはっきりと残っていたということは、実際は反対方向に行くつもりだからではないか。町のほうへ数マイル進み、それから迂回路をたどって飯場に引きかえそうとしているのではないか。そもそも最初は試掘井に身を潜めていたのだ。何をするつもりか知らないが、いずれにせよ暗くなるまでどこかに身を潜めていなければならないということだ。だから、当然ながら、ビッグ・サンドには向かわない。車の持ち主はそこに住んでいるのだ。見覚えがある車だと言う者が現われないともかぎらない。

バックはためらい、まわりをゆっくり見まわした。そこから掘削地まではけっこうな距離がある。

相手が高性能の双眼鏡を持っているとは思えない。としたら、たぶん見つかりはしないだろう。さらには、見つけようともしていないだろう。そんな必要はない。しなければならないことはほかにある。

道路を横切り、掘削地の反対側に出て、荒れ地に入った。そこからしばらく行ったところで西に方向を変え、ふたたび打ち捨てられた試掘井に向かった。

喉がからからに渇いている。足は火の上にあるような気がする。テキサスの西のはずれに暮らす者の常として、ネコが水を避けるように、バックは歩くことを避けてきた。生まれたときから馬に乗っていたので、足はあぶみにかけるものという考えからいまだに完全には脱却できていない。試掘井のやぐらが正面に見えるところまで行くと、そこからさらに一マイルほど進んで、道路に戻り、最後の百ヤードはほとんど這うように進んだ。

そこに有刺鉄線のフェンスがあった。それをつかんで素早く何度も折り曲げ、その部分を摩擦熱で切断した。そして、そこから少し離れたところでまた同じ作業をし、有刺鉄線をちぎりとると、それを道路に敷いた。そしてふたたび同じ作業に戻る。

結局、一マイル弱の距離に六つの有刺鉄線の切れ端を置き、その上に土をかぶせた。それから草の上に腹ばいになって、一休みしながら待った。できることなら、水と別の二本の足がほしい。待っているうちに、向かっ腹が立ってきた。これまではいくら悪党だからといって手荒い真似をしたことはなかった。だが、今回だけは別だ。四人の男をヘドロの沼に沈めた上で、保安官補の車を盗むようなやつは、手荒な真似を乞うているようなものだ。望みは叶えてやる。

日が沈むころ、思っていたより早く、車のエンジン音が聞こえた。猛スピードで走ってくるが、心配することは何もない。あの車のタイヤは溝がほとんどなく、路面をつかむ力は一本足のムカデなみだ。いつ側溝に突っこんでもおかしくない。あと数分もすれば……

数分が過ぎ、車が走ってきた。有刺鉄線が踏みつけられる音がし、車は目の前を通り過ぎ、走り去った。エンジン音は徐々に小さくなり、しばらくして遠くのほうに消えた。

バックはきょとんとした顔で立ちあがった。それから我にかえり、道路のほうへ走っていった。草の上で寝そべっている場合ではない。車はそんなに遠くまで行けないはずだ。少し行ったところでかならずとまるはずだ。車がとまったとき、そのすぐ近くまで行っていなければならない。

路上にすわりこみ、ブーツを脱ぐ。それをハンカチで結わえつけ、首にかける。そして走りだす。車はいくらも行かないうちにとまるはずだ。

靴下をはいた足で息が切れるまで走る。それから少し休み、また走る。つまずき、転ぶ。息を整え、また走る。走って、走って、走りつづけ……

どのくらいの距離と時間を走ったのかわからない。涙でぼやけた視界に、その車はとつぜん蜃気楼のように現われた。車のなかには誰もいない。もしかしたら近くで待ち伏せしているのかもしれないが、気にすることはない。望むところだ。目にものを見せてやる。

車の後ろのドアのハンドルには、キャンバス地の水筒がまだかかっている。その水を大きく一飲みしてから、タイヤを点検する。どういうわけか、有刺鉄線の犠牲になったタイヤは、左前の一本だけだった。そのタイヤがホイールからはずれ、エンジンがオーバーヒートして停止するまで、車は走りつづけたということだ。車に乗っていた者は……

痕跡はすぐに見つかった。どうやら二人組のようだ。側溝を横切り、トム・ロードの隠れ家のほうに向かっている。痕跡は時間が消してくれると思っているのだろう。尾《つ》けられているかもしれないとは思っていないにちがいない。

たまたまロードの隠れ家に向かっているのではないはずだ。何か考えることがあってにちがいない。そうでなければ、パンクしたとわかった時点でスペアタイヤにかえ、そのまま走りつづけていたはずだ。

ロードには助けが必要だ。だが、徒歩では間にあわない。車がいる。キーがついたままになっていれば――

キーはついていた。だが、見つかったのはそれだけではなかった。何かが助手席の床に不自然に押しこまれている。四人組のハンターのひとりサルヴァトーレ・オナーテの、銃弾で穴だらけになった死体だ。そして、その下にはライフルがあった。見ると、銃弾は一発も残っていない。つまり、殺されてから車に乗せられたということだ。

トランクをあけて、スペアタイヤを取りだす。大急ぎで作業を進めながら、自問自答する。オナーテはここに連れてこられたときには死んでいた。だが、かりに死んでいなかったとしたら?

仲間がロードに殺されるのを見て、復讐のためにここまであとを追ってきたとしたら? ロードは撃ち殺され、オナーテも撃ち殺され、近くで死体が見つかったとしたら……

ふたりは撃ちあって死んだ。それがここにいるふたりの男が描いた絵図だ。

そのために、オナーテの死体はここに運ばれてきた。つまり、トム・ロードはここで殺されるということだ。

22

トム・ロードは葉巻に火をつけると、マッチに息を吹きかけ、ふたつに折って投げ捨てた。気楽そうに葉巻をふかしながら、物見遊山の雰囲気で草地を見まわす。それから、まったく急ぐことなく振りかえり、ゆっくり小屋のほうへ戻っていく。

銃弾は遠くから飛んできた。風がよほどいい具合に吹いていないかぎり、危険性はない。差しかけ屋根の下へ行って、車を外に出す。そこで車からおりて、窓の鎧戸を叩く。しばらくしてドナが鎧戸をあけた。

「トム！　いったい何が――」

ロードは遮った。「車を運転できるな。よかろう。ここを出て、町へ行くんだ。草地をまっすぐ走れば、道路に出る。そこから――」

「でも、トム――」

「急ぐんだ！　あそこにあるライフルと弾薬箱を持ってきてくれ」ドナが動こうとしないので、ロードはその腕をつかんだ。「なにをぐずぐずしてるんだ。たったいま何者かがおれに向けて銃を発射した。すぐに逃げないと、永遠に逃げられなくなるぞ」

「そ、そんなことを言われても……」ドナは当惑して首を振り、怯えて目を大きく見開いた。

ロードはうめいた。たとえ抱えて外へ出し、車に乗せたとしても、ドナは呆然として動けず、おろおろしてどこにも行けないだろう。

「いいか、よく聞け。外におれを殺そうとしてる者がいる。ひとりかもしれないし、ふたりかもしれない。たしかめている時間はなかった。だから、いますぐここを出なきゃいけない。いまなら間にあう。ここを出て、町へ行くんだ。何があったか保安官に話して、それから——」

「だけど、トム、なぜなの? いったい誰が——」

「ペリーノの仲間だと思う。でも、そんなことはどうだっていい。大事なのは、やつらがここに来たのはおれを殺すためだってことだ。きみがここから逃げださないと——」

「でも、あなたは? いっしょに逃げなきゃ!」

「やれやれ。おれの言ったことを聞いてなかったのか。やつらがここに来たのは——」

ドナはきっぱりと言った。もちろん聞いている。ロードには生命の危険が迫っている。としたら、ここでいつまでも言いあっていないで、いますぐいっしょに逃げなきゃならない。「ライフルはここに置いていくわ。また馬鹿なことをしでかすといけないから。さあ、行きましょ。車に乗って……早く、トム!」

「まいったな」ロードは目にいらだちの色を滲ませて首を振った。「もう一度言う。聞いていたのかもしれないが、きみは理解していなかった」

「もちろん理解してたわ。あなたを殺そうとしてるひとがいる。なのに、あなたはここに突っ立ったまま、わたしと言いあいをしている」

「おれはここにいなきゃいけないんだ。それくらいの道理がどうしてわからないんだ。ひとさまに向けて拳銃をぶっぱなすようなやつを野放しにしておくわけにはいかない。おれが自分で片をつけるか、保安官事務所の連中がやってくるまで拘束しておくかしなきゃならない」

「やめて！　なんであなたがそこまでしなきゃならないの」

「わかった。好きにすればいい。とにかくライフルと弾薬箱をよこせ。あとはきみのしたいようにすればいい」

「いやよ！」

ロードは荒い息をつきながらドナを睨みつけた。ドナは唇を一直線に引き結び、ひるむことなくその視線を受けとめた。ふたりのあいだには数インチの距離しかなかったが、それは地球ひとつ分の距離のように思えた。ロードはだしぬけに前に進みでて、ドナの肩をつかんだ。

「わからないやつだな。きみは自分のことしか考えていない。自分に都合のいいようにしか考えられない。頼むからおれの邪魔をしないでくれ。でないと――」

「わたしが考えてるのはあなたのことなのよ。わたしたちのことなのよ！」ドナはつかまれた肩を揺すりながら言った。「気にしているのはわたしたちのことだけ。ほかのことはどうだって――」

ロードは語気鋭く言った。話がまったく嚙みあわない。自分の身の安全だけを考えてりゃいいってものじゃない。

ロードはドナを押しのけようとした。ドナははじかれたように後ろにさがり、ブラウスの胸もとが破れた。そして、よろけながら床に倒れたとき、胸があらわになった。

ロードは片方の足をあげ、窓の下枠をまたいだ。もう一方の足をあげたとき、ドナがゆっくり立ちあがったので、腹立ちまぎれに言った。

「そんなものはしまっておいたほうがいい、お嬢さん。相手によっちゃ、それで一稼ぎできるかもしれないが、おれにとっちゃ、ただのグレープフルーツにすぎない」

ロードが言ったのはそれだけだった。それしか言う時間はなかった。ドナの片方の小さな拳が鼻に命中し、もう一方の小さな拳が口にめりこんだ。男勝りの強烈なパンチで、ロードは窓の外に押し戻され、地面にどさりと倒れ落ちた。

上体を起こして立ちあがったとき、それを見ていたドナの表情は、心配そうではあったが、いささかも悪びれず、ロードと同様、自分の考えを変えるつもりは毛頭ないように思えた。

ドナは言った。お願いだから分別をわきまえてちょうだい。いますぐに逃げたほうがいい。わたしはそう思うんだけど、あなたはそう思わないの?

ロードは言葉に詰まった。それから、げらげら笑いながら車に乗りこんだ。

逃げる? 逃げるだって? この貴重な時間を無駄にしたあとで? やつらが近づいてくるのを長いこと指をくわえて待っていたあとで? いまは小屋のすぐ近くまで来ているにちがいない。あんな小娘は殺されてしまえばいい。もし生きていたら、おれがその首に手を……

ギアを入れ、車を出す。「トム!」と、ドナは叫んでいる。「トム!」

轟音を立てて小屋の角を曲がったとき、ドナの泣き叫ぶ声が聞こえた。「トム……トム！」

テキサスの西のはずれの夜はとつぜんやってくる。薄明かりはたちまちのうちに消え、世界に夜のとばりがストンとおりた。いまは三日月の淡い光しかなく、まわりは深い闇に包まれている。その闇を車のヘッドライトが貫き、そこに急にふたつの人影が現われた。むさくるしい髭面のモンスター然とした男たちだ。このおぞましい一瞬のために永遠と思える時間を夜陰のなかで待ち伏せていたにちがいない。

距離は数百ヤードしかなく、走って近づいてくる。ロードは進路を変えず、ヤマヨモギや石を踏みつけて大きくはずみながらも、車のスピードをさらにあげた。

闇雲な発砲が始まった。ヘッドライトに目がくらんでいるのだろう。いったんは脇に身を寄せたが、すぐまたヘッドライトの光にとらえられる。光の下に身を伏せて、そこからライフルをぶっぱなしはじめる。銃声のなかで、ガラスが砕ける音がした。フロントガラスが割れて粉々になる。

ロードは大きな悲鳴をあげ、胸を押さえて身体をのばし、それから床に散らばったガラスの破片の上に倒れこんだ。車は左右に揺れながら少し走ってとまった。エンジンはまわっている。

ふたりの男はおずおずと立ちあがった。黙って、耳をすまし、目を凝らす。それからひとりの男がもうひとりの男にうなずきかける。

「見にいってくれ。おれが援護射撃をする」

「うーん……用心のためにもうちょっと撃っておいたほうがいいんじゃないか」

「無駄にできる弾丸《タマ》はない。いずれにしても、あと十発かそこら余分に撃ったとしても、何が変わるわけでもない」

「ああ、そりゃそうだが……」

ロードは耳をそばだて、相手の動きを頭のなかで映像化した。それからゆっくり片方の手をあげて、低速ギアのボタンを押した。片方の手でハンドルの下側を握り、もう一方の手をアクセル・ペダルの上に置く。そして……

車は急発進した。ドスンという鈍い音がして、悲鳴があがる。ふたたびライフルの銃弾が飛んでくる。

銃弾は車のドアに突き刺さった。ロードは反対側のドアをあけて、ヤマヨモギの茂みのなかに転がり落ちた。

発砲音はやまず、銃弾は車体に突き刺さりつづけている。車は狂ったように向きを変えて、とまった。ロードは地面に横たわっている男のところへ這っていき、その手からライフルを奪いとった。男は死んでいる。死体をあらためて見る必要はない。それが誰なのかはすでにわかっている。声を聞いたときにわかった。そのときには、困惑し、心が沈んだ。だがいまはそのようなことを考えている場合ではない。明確な答えが出るとは思えない謎を、ここで解きあかしている時間はない。

数分前、何時間にも感じた沈黙の瞬間に、遠くのほうから車の音が聞こえた。その車が近づいてきて、しばらくして小屋に続く轍の道の入り口でとまるのがわかった。

つまり、そこからは歩いてきたということだ。それが敵ではないと信じる理由はどこにもなかった。

ロードはライフルを地面に引きずりながら、這って車のほうへ戻りはじめた。前方の闇がかすかに動いているように見え、そこから死んだ男の仲間が立ちあがった。

男はライフルを肩の高さに構えて、車に狙いをつけた。そして、車の側面のやや後ろ寄りにゆっくり近づいていった。

ロードのほうは男の後ろにまわり、そこから二十フィート離れたところでとまった。

そこでライフルを構えて、立ちあがった。

「もういい。銃をおろせ」

レッド・ノートンはライフルを持ったまま振り向いた。ロードは自分のライフルの引き金をひいた。いらだたしげに何度も何度もひいた。そのたびに撃鉄が薬室に空虚な音を響かせた。

銃弾はすべて撃ちつくされていた。ロードは突っ立っている以外何もできなかった。

レッドは構えていたライフルを少しさげ、狂ったように笑いはじめた。

「さてさて。どんな気分だい、トム。櫂なしで急流を下るのはどんな気分だい」

「これはどういうことなんだ。あんたは友人だと思っていたのに。くそっ！　あんたもカーリーも友人だと思っていたのに。どうして——」

「やれやれ、勘弁してくれよ。いったいどんな友人だってんだ。あんたはおれたちのボスを殺した。おかげで、冬が来ても、おれたちは仕事にありつけなくなった。あんたは気分次第でおれたちを殺人犯に仕立てあげることができる。あんたはおれたちを人生最大の苦境に立たせて走り去った」

「いい加減にしろ、レッド。いったい全体——」

「黙れ！　あんたはおれたちが何をすると思っていたんだ。おれたちがあのおんぼろ車で、しかもほとんど無一文でどこまで行けたと思うんだ。よかろう。友人のよしみで教えてやろう、トム・ロード」

ふたりは隣の郡の手前まで行ったが、そこで車の調子がおかしくなったので、引きかえすことにした。最後にもらった給料では、ろくな食事もできなかったし、酒も飲めなかった。そして、試掘井から三十マイル以上離れたところで、車がまったく動かなくなった。残りの道のりは歩かなければならなかった。

「どうしてもここまで戻ってこなきゃならなかったんだ」レッド・ノートンは苦々しげな口調で続けた。「夜露をしのぐところが必要だからな。日中は人目につかないよう、茂みのなかに身を潜めて、ウサギやリスをつかまえていた。信じられるのは明日だけだ。ほら、人生、苦あれば楽ありっていうじゃないか」

「あのとき、金がいると言えばよかったのに。もちろん、あんたたちがありあまるほどの金を持ってるとは思わなかったが――」

「だったら、どんなふうに思ったんだ。はあ？　殺したことを黙っておいてやるからと言って、金をせびられるんじゃないかと思ったのか」ノートンはため息をつき、それから口調を和らげた。「そんなことはするもんか。どっちにしろ、あのときはそんなに金に困るとは思ってなかった。そのあと……」

掘削地にカーリー・ショーを残して、レッド・ノートンは野を横切り、ハイウェイに出て、ビッグ・サンドをめざした。ヒッチハイクはできなかった。レッドのような身なりの男を車に乗せてくれる者はいない。結局はトラックの荷台につかまっていくしかなかった。

「情けねえ話さ、トム。あのときほどみすぼらしく、みじめに思ったことはない。くたびれていて、不潔で、腹と背中がくっつきそうなくらいひもじかった。それで、金をゆすることにした。そう。そういうことだ。ほかに方法はない。だから、そうするしかなかったんだ。もちろん、いい気はしなかった。悪いと思った。でも、仕方がない。あんたをゆするのは簡単なことだ。あんたは金を払わなきゃならない。とそのとき……そこまで考えたとき、思いいたったんだ。ゆすることができるのは、おれたちじゃなくて、あんたのほうだって。おれたちが試掘井を離れたのは、あんたがそこから立ち去ったあとのことだ。あんたはそこにいなかったと言い張ることができる。ジョイスも同調する。としたら……」

けれども、ロードがそんな薄汚い真似をするとは思えない。ロードは友人で、いつもそのように接してくれていた。なのに、自分たちはロードになんてことをしようとしているのか。ずっと友人だったのに。

死はひとを変える。追いこまれて、自分たちは変わった。ロードも追いつめられたら、あるいは追いつめられるかもしれないと考えたら……

ロードの車が自宅の前にとまっていないことを知ったときには、むしろほっとしたくらいだった。ロードはいない。だが、金は必要だ。数ドルでもいいから、なんとか金を工面しなきゃいけない。それで、ジョイスの家へ行った。そこにロードがいるかもしれないと思ったのだ。

家の前に車はとまっていなかった。もしかしたら、ガレージかもしれない。でも、いたずらにジョイスを刺激したくなかったので、忍び足でこっそり家の裏手にまわった。すると、そこにジョイスが現われ、背中に拳銃を突きつけた。

「ジョイスはかんかんに怒ってたよ。当然だろう。おかしなことをしたら殺すとあんたに脅されたんだからな。そして、ジョイスは充分すぎるくらいおかしなことをした。これからもするつもりだった」

「ちょっと待ってくれ」ロードは言った。「ジョイスは――」

「おれがいま話しているのは、実際にジョイスから聞いたことだ。気持ちはよくわかる」

ジョイスはレッドがロードを捜しにきたとは思わなかった。自分を殺すためにロードに送りこまれたと思っていた。

そして、レッドの愚かさを笑った。「あんたはトムの友人らしいわね。笑わせないで。わたしを殺したあと、何が起きるかわかる? 次はあんたの番ってことよ。あんたとあんたの仲間のショーティのね」

レッドは家のなかに入らされた。ジョイスはレッドを保安官に引き渡すつもりだった。それで、電話をかけるために振り向いたとき、一瞬の隙ができた。レッドは殴りかかった。殴りつづけた。殺さなきゃ、殺される。そうじゃないか。選択の余地はない。ジョイスには死んでもらわなきゃならない。ジョイスを殺したら、その次はロードを殺すことになる。ジョイス殺しの罪を着せるために。

「わかるだろ、トム。そうせざるをえなかったんだ」

ロードは言った。たぶん、自分にはそんなことはできなかっただろう。でも、実際のところ、立場が変わればどうかわからない。レッドはそりゃそうだと苦々しげに同意した。

「おれはジョイスの拳銃を持ち去り、またトラックの荷台につかまって町を出たときに投げ捨てた。試掘井に戻ったのは、翌日の午後のことだ。そのときに、これ以上は耐えられないと思った。あとひとつでも厄介ごとが起きたら、もう完全にお手あげだ。なのに、そのあと……」

厄介ごとは起きた。いくつも起きた。

カーリーに悪気はなかった。最初は〝太っちょ〟(ペリーノのことだ)をからかい、びびらせてやろうと思っただけだった。そのあと、もうひとつの考えを思いついた。〃太っちょ〃から金と車を奪うのだ。そのあと、自分たちの車を乗り捨てたところへ戻り、ナンバープレートを取りかえ、警報が鳴り響くまえに二、三の州を通過する。ロードなら、ふたりが車を盗んだと考えるかもしれない。だが、ふたりが町に帰ってきたことは、誰にも知られていない。そして、ロードはそのときには言葉をしゃべれなくなっている。

けれども……けれども、ペリーノはガラガラヘビの巣で死んでいた。カーリーは泡を食い、証拠を消すために車を試掘井のヘドロの沼に沈めた。

「口にするのもおぞましい」レッドはうんざりしたような口調で言った。「おれがそのことを知ったのは、カーリーが取り乱してわめきだしたからだ。ほんとにまいっちまったよ。まさかこんなことになるなんて……」

ペリーノは裏社会の名士のひとりだ。徹底的な捜索が行なわれるのは間違いない。逃げたら、かえって怪しまれる。

にっちもさっちも行かない状況が続いていたとき、ロードが隠れ家にいることがわかった。ふたりにとって、ロードは依然として大きな影響力を持つ人物だ。ジョイスを殺さなければならなくなったのも、元はといえばロードのせいだ。何もかもロードのせいだ。自分たちがこんな窮地に立たされているのも、こんな惨めな思いをしなきゃならないのも。それなのに、ロードは若い女といちゃつき、安逸をむさぼっている。自分たちはコヨーテのようにこそこそ動きまわり、暗闇のなかでびくびくしながら生きているというのに。怯え、おどおどし、手に入れることができるわずかばかりの食べ物も喉を通らないというのに。

「打開策はひとつしかない」レッドは続けた。「ジョイスの死については、少なくともいまのところまだなんの動きもない。だから、あとはあんたに〝太っちょ〟殺しの罪を着せるだけだ。おれたちはしばらくのあいだ掘削地に身を潜め、ほとぼりが冷めたころ町へ行き、ひょっこり戻ってきたような顔をして……」

レッドは一息つき、手で顔をこすりはじめたが、ロードが飛びかかろうとして身構えたので、すぐまたライフルを構えた。

「やめておけ、トム。死に急ぐ必要はない。もちろんお望みとあらば――」

「ちっとも望んじゃいない」ロードはあわてて言った。「ずっと話しつづけていてくれたほうがありがたい」

レッドはふたたび話を始め、ロードは周囲の闇を覗きこみながら黙って話に耳を傾けた。

三人目の仲間がいるという話は出なかった。ということは、さっき道路に車をとめた男は自分の味方かもしれない。この絶望的な状況のなかで、もしかしたら救いの神になってくれるかもしれない。レッドは間違いなく自分を殺すつもりでいる。怒りを吐きだし、これまで犯した罪と、これから犯そうとしている罪を正当化する言い訳をしたら、次の瞬間には……

「……そういうことだ、トム」レッドは言い、それから四人のハンターをどうやって処分したかを話して聞かせた。「たしかにおれたちは利口じゃない。いろんなところでドジばかり踏んできた。でも、おれたちは利口だなんてことは最初からひとことも言っちゃいない。どんなトラブルでも平気で友人におっかぶせるようなやつとちがって――」

ロードは遮った。情けをかけてもらう余地がないのは明白だが、言いあえば、時間稼ぎにはなる。

「考えてみれば、あんたもかわいそうな男だよ。ケーブルツールで掘削するのは時代遅れだってことは何年もまえからわかっていることだ。仕事はストーブに降る雪のようになくなっていく。あんたにはなんの打つ手もない。ロータリー式の掘削法のことは何も知らないんだから」

「ふざけるな。おれは役立たすの間抜けなブタじゃない！　おれは――」

「ああ、わかっている。あんたはケーブルツール使いのプロだ。たとえケーブルが首に巻きついて窒息したとしてもな。あんたの頭のなかはまだ子供のままだ。へまをして、泣きわめくだけだ。でなかったら、こんなところにいないはずだ」

「ほほう。じゃ、あんたはどんなところにいるんだい」

「おれも馬鹿だ。だから、あんたが馬鹿だってことがわからなかったんだ」

レッドは怒声を張りあげ、好きなだけほざいていればいいと言った。「こっちも好きなようにする。今回はいい余禄がついている。あんたが連れている若い女だ」

「本当に？　あんたみたいな小男が九十八ポンドの女を生きたまま組み敷けるかどうか」

一瞬なんのことかわからないみたいだった。わかった瞬間……

ライフルをあげて構えた。照星を見やり、指を引き金にかける。「なんなら後ろを向いてもいいぞ」

「その必要はない。暴れ馬の尻のそばでは絶対に振り向いちゃいけないとパパによく言われていたから」

そして、前に身を乗りだしたとき、ライフルの銃声が夜の闇を切り裂いた。

23

レッド・ノートンは包帯を巻かれ三角巾で吊られた腕を動かして、ドナが筆記した供述書にサインをした。バック・ハリスがそれを折りたたんで、ポケットに入れた。そして、ロードの手を借りてレッドを自分の車に乗せた。ロードはなんとかうまく処理できるだろうかとバックに訊いた。

「死んだふたりのことかい?」バックは肩をすくめ、それから小さな声で言った。「この男はどうなんだい、トム。どういうことになると思う?」

ロードはわからないと答え、レッドには申し訳ないことをしたと思っていると言った。「配慮が足りなかった。できるだけのことはしてやってもらいたい。これ以上おかしなことはしないはずだ」

バックは足を引きずりながら歩きはじめた。「ところで、きみの車は動くのかい、トム。銃弾を何発も食らっているようだが」

「なんとか町までは行けると思う。なんなら、あんたといっしょに行ってもいい」

「急ぐことはないさ。おれが先に行って、保安官に事情を説明してからのほうがいい」

ロードはうなずき、ぎこちなく手をさしだした。「なんと言ったらいいかわからない、バック。おれは——」

「何も言う必要はない。だって、おれたちは友達だろ。ちがうかい」

「それくらいのことはわかってるはずだ。あんたがレッドの腕を撃っていなかったら——」

「おれが？　おれが撃ったんじゃないよ、トム。おれがいたところだと、撃っても当たらなかったよ」

ロードは眉を寄せた。「本当に？　だとしたら……うん。なるほど」

「でも、そんなことはどうだっていい。それより、トム、ひとつ訊きたいことがあるんだが」

「おれの名前以外ならなんでも。自分の名前はいますぐ思いだせるかどうかわからない」

「つまり、その、ドナのことだ。どうしてあんなに居心地よさそうにしているんだい。きみを殺すためにここに来たというのに」

ロードはため息をついた。「わからない。それがおれの運の尽きってことかもしれない」

バックは車で走り去った。

ロードはそこにとどまり、ぼんやりと顎を撫でながら夜空を見あげた。三日月は先ほどよりも一回り大きくなり、星は天国の紺碧の窓を押しているように思える。

さて、さて、とロードは思った。たしかにドナは自分の命を救ってくれた。でも、それは間違いだったのではないか。自分の命ははたして救われなければならないものだったのだろうか。ドナは自分のことしか考えていない。生きるために頼るものをすべて否定するのは間違っていると言って——

背後でとつぜんドアが開いた。それまでそのドアにもたれかかっていたので、みっともないことになってしまった。後ろ向きに部屋に倒れこみ、肘をドナにつかまれて引っぱり起こされたのだ。

「いまそこで何をしていたの？ 馬鹿なことは今日一日でもう充分にやりつくしたはずよ」

ロードはドナから離れ、そして言った。自分の服に着替えろ。いますぐに。

「ここから出ていくんだ。これからきみを町へ連れていく。ここには二度と戻ってきちゃいけない」

「なるほど。じゃ、心は決まったってことね」

「そう思う。レッドを撃ったのはきみだってことはわかってる。きみには感謝しなきゃいけないと思ってる。でも――」

ロードは口を閉ざした。ドナが振りかえって、レンジの前に行き、シチューをふたつの皿に入れはじめたからだ。それをパンとバターといっしょにテーブルに置くと、椅子にすわって、ひとりで食べはじめた。

ロードはためらい、そわそわし、それからドナの向かいにすわった。「聞こえなかったのか。町へ行くと言ったんだ。いますぐ出かける」

「食べてちょうだい。もう十五回も温めなおしたのよ。これで最後よ」

「おれもこれで最後だ。二度と言わない」ロードの目に危険な光が宿った。「自分の服に着替えろ。いますぐに。でないと、力ずくでも着替えさせる」

「あなたらしいわね」ドナはうなずき、シチューをスプーンで口に運んだ。「理屈で勝てないと、すぐに腕力に訴える」

ロードは顔をしかめた。きつい一発だった。伝説的なロード対ロードの裁判の原告でさえ、これほどの難癖をつけたことはない。

「わかった。きみが受けて立つと言うなら、理屈で争おう。おれが何をどう考えているかを話すから間違いを指摘してくれ」

ドナはわかったと言った。「でも、とにかく食べて。それとも、食べながらだと議論できないと言うの？」

ロードはスプーンをつかみ、シチューを口いっぱいに詰めこんだ。シチューは煮えたぎるように熱く、むせて、吐きだし、涙目になった。

ドナはパンにバターを塗って、さしだした。「なにもそんなにがっつかなくても。これといっしょに食べて」

ロードはパンを受けとり、今度はほんの少しだけシチューを口に入れた。

「よかろう。じゃ、基本的なところから始めよう。結婚がうまくいくためには、似た者同士でなきゃならない。その点には同意するね」

「いいえ、同意しない」

「そ、それはないだろ。そこに異を唱える者はいない」

「わたしはそう思わない」ドナは言い、ロードを真正面から見据えた。「本当よ、トム。どんなに似た者同士でも、うまくいかないことはある」

「そりゃそうかもしれないけど……いいかい。きみは快適で安全な家庭を持ちたいと思っている。そうだろ」

「もちろん。あなたは？」

「えーと、そうだな。ある程度は。でも、それがすべてじゃない」

「わたしもそうよ。本当に大事なのはただひとつ、愛よ」ドナはまたロードを真正面から見据えた。「あなたもそう思ってるでしょ」

「それはそれでいい。でも、自分がなんとかして変えようとしている相手をどうやって愛することができるんだい。たとえば今夜、きみはおれを自分に従わせようとした。おれはしなきゃならないことをしようとしただけだ。しなかったら、自己嫌悪のあまり鏡を見ることもできなくなっていただろう。なのに――」

「なのに、わたしはそれをやめさせようとした。それはあなたを愛してるからよ」

「愛してる？　それはどういう愛なんだい」

「わたしなりの愛よ。あなたが考えているような愛じゃない。銀行の預金残高とか楽な暮らしとかは関係ない。でなかったら、やめさせようとはしなかったはずよ。そうしたら、あなたがどう思うかわかっていたから。そうしたら、あなたを失うかもしれないということもわかっていたから。そう。わたしはあなたを愛してるからやめさせようとしたのよ」

「そ、それは……」ロードは口ごもった。「おれは——ええっと——」

「わたしはあなたを守ろうとした。どんなことをしてでも。だから、あなたがほしがっていたライフルを渡さなかったのよ。そして、あなたに行ってもらいたくないと思ってるところへ行ったのよ。でも、でも——」言葉が途切れたが、次の瞬間にはまたしっかりした口調に戻った。「でも、やっぱりわたしは間違っていた。そうでしょ、トム。結局のところ、わたしは自分のことしか考えていなかった。わたしが求めていたのは生活の糧と家だってことがこれで証明されたわけだから」

ロードはなんと答えるべきかわからなかった。考えることもできなかった。

ドナはとつぜん立ちあがり、テーブルの皿を部屋の隅の流しに持っていった。それから、ロードに背中を向けたまま、皿を洗ったらすぐに着替えると言った。

「あなたの言うとおりよ、トム。こんなので、うまくやっていけるはずはない。今夜、町に連れていってちょうだい。やはりそうするのがいちばんかもしれないわね」

「うーん。それはどうかな」

「そうよ。間違いない。でなかったら、あなたがあんなことを言うはずはない」

「黙れふざけるな!」ロードは言って、テーブルに拳を叩きつけた。「だったら、どうしておれがそう言うのをやめさせなかったんだ。おれのやることに横槍を入れたいのなら、どうしてそう言うのをやめさせなかったんだ」

「で、でも……」おずおずと振りかえったとき、ドナの目は希望の色を帯びはじめていた。「でも、トム――」

「〝でも〟は禁句だ。きみはすべきことをしなかった。きみはおれの面倒をみるという義務を果たさなかった」

「たしかにそうね」ドナは素直にうなずいた。「ごめんなさい、トム」

「そう、それはきみの義務だ。なのに、きみは多くのことを見逃している。そうとも」ロードはベッドを指さした。「たとえば、あの長枕。きみはそれをおれたちのあいだに置かせた。それは人間にとっての最悪の弊害だ。あのまま放っておくわけにはいかない」

ドナは恐怖の表情を取り繕って、いますぐなんとかしなければならない、できることならなんでもすると言った。

「外へ行って、ハンマーを取ってくるわ、トム。それで長枕をぶっこわしてちょうだい」

「おれが取ってくる。きみは皿を洗い、それから大きなポットに思いきり濃いコーヒーをいれてくれ」

「コーヒー？　でも、わたしは――そんなにコーヒーを飲んだら、眠れなくなるんじゃない？」

「そのとおり。おれたちはずっと起きているんだ」

ドナは顔を真っ赤にした。

ロードはベッドから長枕を取った。

ドナはコーヒーをいれた。

ロードは長枕をドアの外に放り投げた。

ドナはコーヒーを注いだ。

ふたりはいっしょにコーヒーを飲み、いっしょにランプの火を吹き消した。

テキサスの西のはずれの夜、信じがたいほど美しい蠱惑の闇のなかで、安らぎがトム・ロードとドナ・マクブライドの元に訪れた。

解説

トランス・ボーダーの男たち

野崎 六助（作家・文芸評論家）

テキサスの西のはずれ、田舎町ビッグ・サンド近くの荒涼たる道を疾走るコンヴァーティブル。乗っているのは、保安官補と娼婦。交わされる会話に切羽詰まったところはないが、彼らを待つのが最悪の凶事であるような不穏さは打ち消しようもなく漂ってくる。

これが、本書『脱落者』の幕開けだ。これが、トンプスン・スタイル。読む者を、有無をいわせず引きずりこむ……のではなく、不安を掻き立て、掻き立てられた不安によって次つぎとページをめくらせる悪辣さ。主人公は、六十ドルするステットソン・カウボーイハットに、ハンドメイドのブーツ、六ドルのリーヴァイス、誂えの二十五ドルのシャツに身を固めた伊達男。葉巻を好み、捜査官でありながら拳銃を携行しない変わり種だ。葉巻好きと武器の非携行――トンプスンの読者なら、ここで、当然、彼の最高傑作『内なる殺人者』の異様なヒーロー（ルー・フォード）を想起するだろう。人好きのする笑顔と愚鈍そのもののような間延びしたしゃべり方の奥底に、凶悪な素顔を隠した危険人物。作者は、こうした二面性を持つアメリカ白人男のタイプを繰り返し登場させている。本作のテキサス男トム・ロードもまた、トンプスン的「怪物」の一人に加えられる。彼の特徴は冗談口の多さだが、これも、ルー・フォードのわざと母音を引き伸ばすしゃべり口と同じで、相手を落ち着かなくさせる威嚇要素だ。

そして、娼婦の名前は——。名前はジョイス。そう、『内なる殺人者』で、ルーの奸計にはめられる娼婦と同じ名だ。姓のほうは、レイクランドがレイクウッドと部分的に変えられているだけ。これは、作者の無頓着さをあらわしているのか。それとも、読者の注意をひそかに呼びさまそうとしているのか——。あなたが練達のトンプスン読者なら（あるいは、そうなりたいのなら）、当然、後者の解釈を採るべきだろう。つまり、作者は、両作のシンメトリ構造を示唆し、二面性に引き裂かれた「怪物男」を描くことにふたたび挑戦する、と表明しているのだ、と。

これは、本作を味読するための一側面となる。あくまで、一側面である。必ずしも、物語の展開は、作者の目指した方向に向かわず、誤差は生じてくるのだが、その点については、おいおい述べていく。

本作の原タイトル *The Transgressors* は、いったいいかなる日本語に置き換えればぴったりくるのか。「逸脱者」や「はぐれ者」ではいかにも辞書どおりだし、「罰当たり」では作者の自画像そのままになりすぎる。登場人物たちは、行きつ戻りつを繰り返す。冒頭のシーンがそうであるように、岐路に立って、何とか最善の選択肢を選ぼうとしながら、最悪の結果を呼びこんでしまう。その繰り返しだ。早い話が、選択肢など持っていないから、そうなる。それがあるかのように彼らが振る舞うのは、やはり、彼らが選択肢を持たないという「真実」を認めることが出来ないからだ。認めてしまえば、自分を支えきれなくなる。前にすすむ（progress）ことも、後ろにもどる（regress）こともかなわない。どちらにも行けない宙吊り（trans-）状態にある者、というのが「Transgressors」の意味だろう。ある種の「信者」たちに言挙げされるトンプスンの「実存哲学」なるものが、もしあるとすれば、この言葉こそ、その標語にふさわしい。彼の人物たちは、こうした宙吊り（trans-）状態の緊張に耐えきれなくなった時、意識の錯乱（trance）状態に突入し、例のダイムストア・ドストエフスキーと称揚されるシーンを昂揚させ、安物犯罪スリラーを愉しみたいだけの気の弱い読者に痛烈な動揺を与えることになる。ただし、本作は、幸いなことに（?）、そこまでのハイボルテージに高まるページは備えていない。

いや、本作のテーマは、途中で、別の方向に逸れていった、ということかもしれない。その点、焦って定式化しようと目論むと、的を外してしまいそうだ。少し、仕切り直しをしたほうがいい。

この小説の「Transgressors」は、どこにも行けない者たちだ。田舎町ビッグ・サンドの「外」に出ることが出来ない。つまり、「逸脱者」という本来の意味に、「定住者」という単純で興ざめするような意味が重なっている。後半の展開で、主人公が窮地に立たされるのは、彼に「街を出る」という選択肢があらかじめ与えられていないからだ。他のトンプスン作品でも、こういった限定は共通している。主人公の視点をとおして、ビッグ・サンドの街の伸張が語られる場面（七一ページ）がある。元は、メインストリート一本に数軒の建物がならぶだけの街だった、という。郡庁舎のほかには、葬儀屋も兼ねたよろず雑貨店しか見つけられない。ダイムストアの街、西部劇映画のセットでお目にかかるようなイメージだ。それが、現在では、石油ブームに乗って、十四階建てのホテルが屹立するような都会風景まで実現している。だが、栄華はつづいても長くて精々が数十年というところだろう、と彼は見切っている。

未来も過去も見すえたうえで、この男は、なお、定住するこの土地から「外」に出ることが出来ないと考えている。彼はテキサスの由緒ある家柄の跡取りだが、石油資本に騙されて財産を喪い、保安官補の職につかざるをえなくなる。石油会社への遺恨が第一の殺人につながり、それらの事件すべてが、彼をますます土地に縛りつける。――彼の狂気の淵源をたどれば、埃っぽいメインストリートの寂れた数軒の建物が視えてくるようだ。

これは、たしかに、トンプスン・ワールドとはいっても、ルー・フォード的破滅とはべつの岐路に、主人公を立たせた物語ではないか。わたしにとって、トンプスン小説は、第三長編『取るに足りない殺人』と、第四長編『内なる殺人者』に尽きていた。前者の主人公は、最後に「ずっと死んでいたおれを絞首刑にすることは出来ない」と毒づくし、後者の主人公は、大魔神のような最期を遂げて読者の脳裏に二度と消えない聖痕をきざみつけた。簡単にいえば、作者は以降、それらを超えるものを書いていない。ついでにいうと、後年のトンプスンに衰えがみられた、という解釈はナンセンスだ。衰えるほど大量生産していないし、その多くの部分は、ペイパーバックの水準に合わせた「書き飛ばし」だから、あまり疲れなかったはずだ。彼は飽くことを知らない肖像画作家だったし、「自伝」を書くことに取り憑かれた無類の人物だった。このタイプの狼疾者に衰弱はおとずれない。

つまり、本作、トム・ロードの物語は、別種のルー・フォード的人物に、別の選択肢（いってみれば、救済のようなイメージか）を与えようと試みた作品なのだ。彼は考える——分かれ道は数かずあるが、そのどれかに「賭け」てみる価値はあるだろう、などと。彼は殺人に関わるが、その罪を他人にかぶせる手段には事欠かない。そして、生まれ育った街から出奔を果たすこと。こちらのほうが、ずっと厄介な問題だった。

トンプスンによる前記の二作は、変種の異様な「自伝」であったと同時に、当時のミステリ・シーンに新たな殺人解釈の方法をつけ加えた、といえる。この点は、同時期にあったパトリシア・ハイスミスの『見知らぬ乗客』などを参照すると、より明瞭になるだろう。これらの作品において、殺人は計画的に遂行されるが、計画はかなり杜撰で、発覚するのも時間の問題だと思わせる。その杜撰さがかえって、殺人を身近なリアルな事象と感じさせる効果をはたす。そこでは、殺人は、日常の延長に避けようもなく起こってしまう、ありふれた出来事なのだ。

よりリアルな殺人という造型は、しかし、使い回されるうちに色褪せ、パターン化していく。本作の場合でも、殺人は、事故に似た状況の結果として起こるため、ストーリーを円滑にすすめる動力にはなっていない。トンプスンは、ルー・フォードを社会的病質者（治癒不可能な危険な狂人）として確定させる方法をとった。それは、ドラマ構成の便宜でもあったが、結末をどう着けるかで作者を苦慮させただろう。それ以上に、一期一会の作品的達成が、作者に重荷を負わせたようにも想像される。『ポップ１２８０』は、『内なる殺人者』にならぶ傑作と世評は高いが、セルフ・パロディの要素を取り除けた後に何が残るのか。

(余談だが、映画版の『キラー・インサイド・ミー』は、主人公を同情すべき「狂人」として描いている。バート・ケネディによる一九七六年版のほうだ。結末は、シンプルで、一斉射撃を受けた主人公が死ぬところで終わる。爆発は起こらない。ルーに扮したステイシー・キーチは、ジャン・ルノワール映画『獣人』のジャン・ギャバンを想起させる。わたしの想像にすぎないが、『内なる殺人者』の源流をたどれば、ゾラの『獣人』に行き当たる。ゾラ小説の不完全な映画化はいくつかあるが、そのなかの最高峰がルノワール映画だ。もう一本、フリッツ・ラングによる作品があり、探して見つからないことはないが、観ても失望するだけだろう……。ともあれ、サイコ殺人鬼の先駆という位置づけを『内なる殺人者』に当てはめると、そこで完結してしまう畏れがある。)

その完結像から脱けだしたいという欲求は、作者に強くいだかれたと思える。「Transgressors」トム・ロードの物語は、そこに胚胎してきたのではないか。狂人ルー・フォードの兄弟のような人物、拳銃を持たないだけで、暴力衝動をおさえることの出来ない危険な男――。破壊的なパンチが相手の内臓にめりこみ、背骨に突きあたる(!)という気味の悪い描写が、両作には共通して見つけられる。「彼」には、べつの選択肢、べつのステージ、べつの物語があってしかるべきだ。と、作者は望んだのではないか。ルーは「狂人」だが、衝動をおさえる自己抑制力や、疑惑を他人になすりつける悪知恵には恵まれている。そうであれば、破滅を回避する物語を用意できるかもしれない。「ここ」と「どこか」を横切る（trans-）途を探し出せるかもしれない、ではないか。トンプスンは本質的には、一人称叙述の書き手なのだが、本作では、客観三人称が採用されている。彼の一人称ナラティヴはよどみなく滑らかだが、必ずどこかで破れ目（これは、ゾラの小説で亀裂として観察される要素とまったく同等だ）が生じてくる。また、破れ目とは別個だが、「ところで、あんただってそう思うだろ?」などといった親しげな地声の恫喝が発せられてきて、ギョッとさせられることもしばしばある。本作は、少なくとも、客観三人称記述なので、ダイレクトな感触はおさえられている、といっていい。

しかし、逸脱者（Transgressors）は、他所の土地に脱出することを阻まれている。彼の横断（トランス・ボーダー）は、内なる己れ（インサイド・ミー）に向かうしかなかった。内的な逸脱だ。読者は、その痕跡のいくつかを確認できるだろう。三三ページ、一四九ページ、二三四ページと……。《今日のロード対ロードは混乱をきわめている》とか。わたしは、べつだん、この肖像画が極上のものだとか、アルコーリック・ケースに揺らいでいないとか、保証するつもりはない。あくまでこれは、作者の意図を示す痕跡であり、完成体をなしていると読むには無理がある。

さて、解説者になしうるのは、いくつかのヒントを指し示すことにかぎられる。ジム・トンプスン的トランス・ボーダーが、約半世紀前にどう羽ばたこうとしたのか、あるいはまた、しそこねたのか、しばし立ち止まって思考してみる時間も無駄にはならないだろう——ということだ。

この作品は、一九六一年の刊。『ゲッタウェイ』（映画化を期に翻訳された、作者の生前に紹介された唯一の作品）と『グリフターズ』（これも映画化され、作者復活の契機となった作品）とのあいだに位置する。付記しておけば、日本でのトンプスン受容は、およそ三段階に分かれている。一は、一九九〇年代になるが、主要な五作品。現役作家をうわまわる衝撃をともなって名を知られる。二は、それにつづく二〇〇〇年代に入り、断続的にだが、八作が紹介され、そのあいだにガイドブックまで刊行された。ノワールの先駆者という位置づけだったが、第一期を超える作品を期待するまでには到らなかったようだ。三は、近年の未訳紹介のシリーズとなる。

それが、本作で六作目となる。手前味噌と印象されるかもしれないが、これら第三期の作品群によって、ようやくこの作家の「全貌」が視えてきたことを否定する者はだれもいないだろう、といいたい。各作品については、それぞれの巻において、曲者ぞろいの解説者によって述べられているので、そちらに譲る。一言でいえば、トンプスンの自画像作家としての側面が圧倒的に迫ってくる。将来に、大学のアメリカ文学の講座などで彼の作品が研究対象になったりする日がくるのか知らないが、いずれにせよ、そのさいには、彼を文学史のどこに位置づけするかが、第一の問題となるだろう。——南部の地方主義作家？　ホワイト・トラッシュ（貧窮白人層）から発される地底のうめき？　いやいや、余計な当てはめは慎んでおいたほうがいい。

彼の作品は、没後刊行をふくめて三十一冊。翻訳は、本書で十九点となる。たしか、ここでいった第二期のなかばほどのことだが、わたしは、この作家に関して「やれやれ、ビッグ・ジム、あんたにはもううんざりだよ」と感じていた。何がノワールだよ。酔いどれたサム・ペキンパーの逸話のいくつかは、負荷がかかって頭の底にこびりついている。それと似たような感触に小説で出逢うのは願い下げだった。そういうわけだ。「あんただってそう思うだろ?」。……それから、ほぼ十年。驚くべし、この男はまた復活を遂げた。

まだまだ発掘されてくるトンプスン世界が未知の驚きをもたらせてくる。『天国の南』『綿畑の小屋』……。まだまだある。

まさか全作の完訳までは望みもしないけれど、次に読みたいタイトルは決まっている。一九七二年の作品 *Child of Rage* だ。

訳者略歴

田村義進

1950年、大阪生まれ。金沢大学法文学部中退。日本ユニ・エージェンシー翻訳ワークショップ講師。訳書にジム・トンプスン『殺意』(小社刊)、ミック・ヘロン『死んだライオン』(早川書房)、スティーヴン・キング『書くことについて』(小学館)、ジェイムズ・エルロイ『アメリカン・タブロイド』(文藝春秋)など。

脱落者

2019年3月20日初版第一刷発行

著者：ジム・トンプスン

訳者：田村義進

発行所：株式会社文遊社

東京都文京区本郷4-9-1-402　〒113-0033

TEL: 03-3815-7740　FAX: 03-3815-8716

郵便振替：00170-6-173020

装幀：黒洲零

印刷・製本：中央精版印刷

乱丁本、落丁本は、お取り替えいたします。

定価は、カバーに表示してあります。

The Transgressors by Jim Thompson

Originally published by The New American Library of World Literature, Inc., 1961

　Printed in Japan.　ISBN 978-4-89257-146-6